Shenqi De Silu Minjian Gu

神奇的丝路民间故事

缅甸民间故事

MIANDIAN MINJIAN GUSHI

丛书主编　**姜永仁**

本册主编　**杨国影**

时代出版传媒股份有限公司
安徽文艺出版社

图书在版编目（CIP）数据

缅甸民间故事/杨国影本册主编. —合肥：安徽文艺出版社，2018.1
（2020.6重印）

（神奇的丝路民间故事/姜永仁主编）

ISBN 978-7-5396-6091-2

Ⅰ．①缅…　Ⅱ．①杨…　Ⅲ．①民间故事－作品集－缅甸
Ⅳ．①I337.73

中国版本图书馆CIP数据核字(2017)第109735号

出版人：朱寒冬　　　　　　　　　　出版统筹：周　康　李　芳
责任编辑：李　芳　　　　　　　　　装帧设计：徐　睿
....
出版发行：时代出版传媒股份有限公司　www.press-mart.com
　　　　　安徽文艺出版社　www.awpub.com
地　　址：合肥市翡翠路1118号　邮政编码：230071
营 销 部：(0551)63533889
印　　制：济南市莱芜凤城印务有限公司
....
开本：880×1230　1/32　印张：6.875　字数：150千字
版次：2018年1月第1版　2020年6月第2次印刷
定价：28.00元
....

总　序

青少年朋友们,大家好!

安徽文艺出版社为了配合"一带一路"倡议的实施,决定出版一套《神奇的丝路民间故事》丛书,并邀请我担任这套丛书的主编,这使我激动不已。一方面是因为我年逾古稀还有机会为"一带一路"倡议的实施贡献出自己的一份力量,另一方面是因为我能为祖国的未来——青少年朋友的成长做一件有益的事情。为此,我毅然决定接受邀请,出任该套丛书的主编。

2013年,习近平主席在访问哈萨克斯坦和印度尼西亚期间,先后提出共同建设"丝绸之路经济带"和"21世纪海上丝绸之路"的倡议。这一倡议是希望通过政策沟通、设施联通、贸易畅通、资金融通、民心相通,使沿线国家乃至世界各国能够共享我国改革开放经济发展的成果,是一项共商、共建、共享的战略设计。截至目前,已经有100多个国家和国际组织参加到"一带一路"建设中来,纷纷将本国的发展计划与"一带一路"建设计划对接。

安徽文艺出版社策划出版的《神奇的丝路民间故事》丛书正是在这种形势下应运而生。它的问世是落实"一带一路"倡议的需求,是我国与"一带一路"沿线国家人民实现民心相通的需求。它的出版,必将有助于我国与"一带一路"沿线国家人民加深了解、增强互信。

《神奇的丝路民间故事》丛书包括丝路沿线的俄罗斯、匈牙利、印度尼西亚、泰国、缅甸、越南、柬埔寨、老挝、菲律宾、马来西亚、伊朗、巴基斯坦等国家的民间故事。这些国家的民间故事情节动人,形象逼真,寓意深刻,有益于青少年的成长。

青少年是国家的未来,是祖国的希望,是建设国家的栋梁,肩负着实现中国梦的重任,任重而道远,只有多读书,读好书,增加知识,增长才干,才能不负众望,才能不辱使命,为实现中华民族伟大复兴的中国梦而贡献力量。

安徽文艺出版社编辑出版的《神奇的丝路民间故事》丛书恰逢其时,值得青少年朋友一读。

姜永仁

于北京大学博雅德园寓所

2017 年 10 月

前　言

　　缅甸地处中南半岛最西端,是中南半岛上面积最大的国家。由于地处亚热带和热带,缅甸雨量充沛,植被茂盛,树木葱绿,鲜花盛开,景物宜人。缅甸矿产资源丰富,盛产金、银、铜、锰、锌、镍等矿藏,尤其是近年来发现的石油与天然气资源蕴藏量居世界前列,极具开采价值。缅甸是一个美丽富饶的国家。

　　缅甸处在中国通往印度洋的要道上,是海上丝绸之路的一个重要支点。据我国学者研究,公元前2世纪,我国产的丝绸已经通过南海丝绸之路运到缅甸,再经过缅甸运到印度或其他国家,换回明珠、璧琉璃和各种奇石怪物。缅甸还是南方陆上丝绸之路或称西南丝绸之路的必经之地。早在公元4世纪,四川出产的丝、丝绸和蜀锦就由这条古道运到缅甸和印度出售,并转销到西亚和欧洲。

　　缅甸有135个民族,每个民族都在生产劳动中创造了自己的民间故事,因此我们可以说缅甸是民间故事的海洋。缅甸民间故事是缅甸各族劳动人民创造的,是劳动人民在生产劳动当中编织出来的。它源于人民、源于生产劳动、源于生活，流传于人民中间，是缅甸劳动人民的生产、劳动与生活的真实写照，是缅甸劳动人民的思想、意识和感情的真实反映，是劳动人民智慧的结晶。它反映了缅甸劳动人民的喜怒哀乐，反映了对现实生活的美与丑、善与恶的褒贬，体现了人们对未来生活的憧憬、追求与梦想。

缅甸民间故事内容非常丰富，它包括神话故事、寓言故事、童话故事、传说故事、动物故事、生活故事、爱情故事、笑话故事、成语故事等。缅甸民间故事最大的特点是具有神秘的佛教色彩和缅甸民族的特性，字里行间闪烁着佛教的影响，洋溢着缅甸民族的气息。

参加本书编译工作的有姜永仁、林琼、杨国影等。由于时间有限，本书在翻译和编写过程中肯定存在不足，诚望读者不吝赐教。

目　录

三 个 龙 蛋

在缅甸北部的崇山峻岭中有一位漂亮绝伦的小龙女。这位小龙女与太阳神相恋。太阳神常常到小龙女这里来住,一住就是好多天。

有一天,太阳神回到自己的住处去了。这时,小龙女生下了三个龙蛋。小龙女对三个龙蛋非常疼爱,小心翼翼地孵着,快孵化出来时,小龙女叫一只乌鸦去给太阳神报信。当时,乌鸦不是黑的,而是雪白雪白的。乌鸦飞到太阳神的住处,见到了太阳神,把小龙女生了三个蛋并快孵化出来的消息告诉了太阳神。太阳神说,他现在特别忙,没有空去看小龙女,请乌鸦给小龙女捎去一块价值连城的红宝石,并让小龙女把这块红宝石变卖以后,建立一个国家,让他的儿子们做这个国家的国王。

太阳神用一块丝绒布把这块红宝石包好,交给乌鸦。乌鸦用嘴衔着往回飞。路上,乌鸦看见商人们用餐时把很多不吃的东西扔在地上,一群乌鸦正在抢着吃这些食物。于是,它把嘴里衔着的用丝绒布包裹的红宝石放到一个灌木丛里藏起来,然后,自己也来和其他乌鸦一起吃这些食物。

乌鸦把红宝石藏在灌木丛里的时候,正巧被一个正在吃饭的商人看见了。那个商人趁乌鸦吃东西的时候,悄悄地用粪便换掉了红宝石。

这一切,乌鸦一无所知。吃过东西以后,乌鸦从灌木丛中找出了那个红宝石包,衔在嘴里,继续往回飞。飞回小龙女的住处以后,把红宝石包交给了小龙女。小龙女喜出望外地打开了包,一看里面包的是一把粪便,好半天说不出话来,最后,难过地死去了。

太阳神听到小龙女死去的消息以后,心里痛苦极了。经过调查,他了解到是馋嘴的乌鸦害死了小龙女,于是,给了乌鸦最严厉的惩罚。从那以后,本来是雪白的乌鸦全身都变成了黑色。人们现在还传说这是太阳神对乌鸦的惩罚。

三个龙蛋由于没有父母的照顾,变得无依无靠,一直没有孵化出来。就这样,夏天来了。三个龙蛋被雨水带到了伊落瓦底江,顺流而下。

一个漂到缅甸北部的抹谷市时被碰碎了,但是从蛋里出来的不是小龙,而是无数的红宝石,所以,至今抹谷市仍然盛产红宝石。

一个在中国云南境内被碰碎了,变成了一个美若天仙的公主,后来成为中国的皇后。

一个顺着伊落瓦底江漂呀漂,漂到了下缅甸①,变成了一位力大无比的英俊王子,后来成为缅甸国的驸马,并继承了王位。据说,他就是蒲甘王朝的开国君主,历史上有名的骠苴低国王。

据此,缅甸人民就亲切地称呼中国人民为"胞波",意即"亲兄弟姐妹"或"一奶同胞"。

---

① 下缅甸:缅甸地区名,与"上缅甸"相对而言,指缅甸南部靠近孟加拉湾,安达曼海沿海的各省、邦。

绛霞的来历

有一只鳄鱼正在河边休息。乌鸦看见了,立刻产生了把鳄鱼吃掉的念头。但是,鳄鱼这么大,它怎么才能把鳄鱼吃掉呢?乌鸦思索了好一会儿,突然,眼睛一亮,计上心头。

"喂,朋友,这条河的水太浅了,对你不合适。我发现有一条河,河水比较深,对你挺合适的。如果你想去的话,就跟我来。"乌鸦对鳄鱼说。

"我当然想去了!但是,我怎么没听说有那么个地方啊?"鳄鱼反问道。

"我不骗你,我说的是真的。我是对你有感情才告诉你的。我想,从这儿算起也就半里路吧。"乌鸦说。

鳄鱼相信了乌鸦的鬼话,爬上岸,跟在乌鸦后面。

好半天也没有到乌鸦说的那个地方。鳄鱼问乌鸦:"我说朋友,我跟你走了这么半天,估计早超过半里了,可把我累坏了,我想我不能再跟你去了。"

"像你这样的大力士还说累,我不就更累了吗?来吧,朋友,快到了。"乌鸦回答。

就这样,鳄鱼又一次相信了乌鸦,继续跟着乌鸦向前爬。

但是没多久,鳄鱼就累得喘不过气来,翻躺在路上,再也爬不动了。

乌鸦见了,不由得哈哈大笑,说道:"你别着急,朋友,你死了以后,我会把你吃掉的。"说完,乌鸦就得意地飞走了。

过了一会儿,一辆牛车来到翻躺着的鳄鱼身旁。鳄鱼一见到车夫就可怜巴巴地说:"乌鸦可把我害惨了,它把我骗到这儿,扔下我不管了。"车夫觉得鳄鱼很可怜,就把它装到车上,向江边拉去。快到江边的时候,鳄鱼对车夫说:"乌鸦太残酷了,它把我扔在太阳底下晒了这么久,我疲乏极了。你有心帮助我,就别把我放在江边,请你把我送到江心,好吗?"

于是车夫就按照鳄鱼的请求,把鳄鱼送到了江心。车夫刚把鳄鱼放到江里,鳄鱼就一口咬住了牛的脚,死死不放。

这时在岸上的一只小兔子看见了,就大声地对车夫喊道:"用车上的棍子打它!"车夫按照小兔子说的,迅速操起车上的棍子向鳄鱼打去。鳄鱼吓跑了。

鳄鱼对小兔子怀恨在心,它气急败坏地发誓:"这个坏小子,你别得意得太早!你总得要到江边来喝水吧,等我看见你,非把你吃了不可。"

　　没过几天，小兔子真的到江边来喝水，已经在江边等候了几天的鳄鱼看见了它。小兔子发现鳄鱼在窥视自己，便机警地大声说："你如果是鳄鱼，就会逆流而上；你如果是木头，就会顺流而下。"鳄鱼心想：我要是逆流而上，小兔子就会知道我是鳄鱼，所以，我要像一根木头一样顺流而下，找机会把它吃掉。然后，鳄鱼纹丝不动，装作一根木头向下游漂去。聪明的小兔子等鳄鱼漂远了以后，便很快喝足水跑开了。

　　第二天，小兔子如法炮制，在未喝水之前，先大声喊起来。但这一次，鳄鱼没有上当，既不逆流而上，也不顺流而下，而是不露声色地待在原处。小兔子误以为水面上漂的是根木头，便放心地去喝水，结果，被鳄鱼一口咬在嘴里。鳄鱼之所以只把小兔子含在嘴里而不马上把它吃掉，是想炫耀一下自己，让别人知道它连这么有学问的小兔子都能抓到。

　　鳄鱼一边含着小兔子，一边嘻嘻嘻地笑着。这时，被含在嘴里的小兔子对鳄鱼说道："你只会嘻嘻嘻地笑，而不会哈哈哈地笑。"鳄鱼不愿意让小兔子这么说它，就张开嘴哈哈哈地大笑起来。鳄鱼刚一张开嘴，小兔子就乘机咬断了鳄鱼的舌头，从鳄鱼的嘴里跳出来，迅速地跑开了。

　　由于鳄鱼的舌头太重，小兔子没法拿到家里，它只好在江边找一处灌木丛把鳄鱼的舌头藏起来。藏好以后，小兔子便回家去了。路上，它碰见一只猫，就对猫说："朋友，如果你饿了，你就去吃鳄鱼的舌头吧。我把它藏在江边的灌木丛里了。"说完,小兔子就把藏鳄鱼舌头的地方告诉了猫。

猫确实很饿,就按小兔子说的去找藏鳄鱼舌头的地方,但是它怎么也找不到。原来,在藏鳄鱼舌头的灌木丛里,长出了一棵很奇怪的植物,茎很长,果实也很奇特,扁扁的,长长的。猫想:哦,这棵植物可能就是鳄鱼的舌头变的。

直到今天,人们还管这种植物叫"绛霞",它的学名是"木蝴蝶",其果实叫"豆荚",又扁又长,可达二尺。在缅文中,"绛霞"的意思就是"猫到处寻找的鳄鱼的舌头"。

月食的由来

从前,有一个老太婆,她家里很穷。老太婆临死的时候,把她的两个孙子叫到身边,对他们说:"我是一个穷老太婆,我就要死了。我没有什么值钱的东西留给你们。我能给你们的,只是一个捣辣椒的缸和一个捣辣椒的杵。捣辣椒的缸给老大,捣辣椒的杵给老二。"说完,老太婆就咽气了。

奶奶死了以后,老大气呼呼地对老二说:"这个捣辣椒的缸很破,它在什么地方才能派上用场呢?"说完,老大就把缸扔掉了。

老二看了说:"这是奶奶留给我们的,不能丢!"弟弟捡回了哥哥丢掉的捣辣椒缸,把它和奶奶留给自己的捣辣椒杵一起小心地收藏起来。邻居们看了,都嘲笑他。

老二不管别人怎么说,他都不在乎。他打算靠砍柴来维持生计。

一天,老二到深山里砍柴,看见一条大蛇,他吓了一大跳,慌忙爬到树上。这时,那条大蛇突然开口对他说:"你别害怕。我的丈夫死了,我想借你的捣辣椒杵用一下,可以吗?"

"我的捣辣椒杵有什么威力吗? 我不相信它有什么用。"老二回答。

"如果你不相信的话,可以把捣辣椒杵带来,跟我走一趟。到时候,你就知道你的捣辣椒杵是不是有威力了。"大蛇说。

于是老二回家拿来了捣辣椒杵,跟在大蛇后面。走了一会儿,他真的看见地上躺着一条死了的大蛇。这时,带他来的那条大蛇从他手里接过了捣辣椒杵,对着死蛇的鼻子一碰,顷刻间,那条死蛇又活了过来,把老二都看呆了。

带他来的那条大蛇和那条死而复活的大蛇对老二感恩不尽,对他说:"这个捣辣椒杵可以使死者起死回生。这个秘密除了你以外,别人谁也不知道。"说完,两条大蛇便爬走了。老二也拿着捣辣椒杵往家走。

在回家的路上,老二碰见了一条臭死狗。他用捣辣椒杵轻轻地碰了一下死狗,那条臭死狗立刻活了过来。他给这条狗起了个名字叫"鄂臭",然后把它领回家,当作自己的伙伴。

回到家里,老二就用这个捣辣椒杵给别人看病。说也奇怪,这杵还真灵验,没几天就治活了很多人。老二一下子成了远近闻名的医生。不过他依仗这个捣辣椒杵救人的秘密谁也不知道。

有一天,这个国家的公主病死了,听说老二能起死回生,国王便请他给公主医治,并允诺:如果他能把公主医活了,就把公主嫁给他,还要封他为王储。结果,老二医活了公主,并和她成了亲。

老二暗自思忖:这个捣辣椒杵既然能把死人治活了,那它一定有魔力让人青春永在。于是他在公主身上试验了一下,又在自己身上试验了一下。他成功了,夫妻俩都变得更年轻了。

月宫里的月亮仙女听说了这件事,对老二产生了嫉妒。她想把那个捣辣椒杵偷来。

有一天,老二发现他的捣辣椒杵有点发霉了,便把捣辣椒杵拿出来晒一晒,由于不放心,他自己看着。

公主看了便说:"你是一位王储,亲自看守这个不起眼的捣辣椒杵有失身份,别人看了会笑话你的,不如让一个士兵看算了。"

"看守这个捣辣椒杵,除了我和鄂臭外,别人我都不放心。"老二回答说。

为了表示对公主的尊重,老二决定让鄂臭看着。

鄂臭小心地看着捣辣椒杵。突然,天色变得漆黑一团,原来是月亮仙女使了法术。黑暗中,月亮仙女偷走了捣辣椒杵奔向月宫。鄂臭看见了,便跟在月亮仙女的后面紧追不舍。

直到今天,鄂臭还闻着捣辣椒杵的味道,跟在月亮仙女的后面一直追着。

有时候,鄂臭捉住了月亮,它努力想把月亮吞下去。但是,它是一条小狗,怎么能把那么大的月亮吞下去呢?它只好又吐了出来。

所以直到今天,缅甸人每到月食的时候,就会说:"鄂臭把月亮咬住了!"月食结束的时候,人们又会说:"鄂臭吃不下月亮,又吐出来了。"

信遗侬与敏南达

统治丁茵①的国王的王后难产而死,人们难过地抬着王后的遗体来到城外墓地,准备给王后下葬。可就在这时,一个活生生的小孩儿从王后的肚子里掉了出来,国王和文武百官看见了,都非常惊喜。

虽然国王对王后下葬前生下来的女儿非常宠爱,但他总觉得不吉利。于是他命人在城外墓地给公主建造了一座宫殿,让公主在这座宫殿里居住。国王给公主起了一个名字叫信遗侬。信遗侬居住的地方,后来人们管它叫德拉②。

德拉市的对岸是敏格拉洞市③,统治敏格拉洞市的国王有一个王子叫敏南达。

---

① 丁茵:今仰光市的一个镇区名,是一个小岛,位于仰光市东南部勃固河对岸。

② 德拉:今仰光市仰光河对岸的一个地名。

③ 敏格拉洞市:今仰光市北郊的一个镇区名。

　　成年以后,敏南达和信遗侬相爱了。敏南达的父王知道了这件事以后,认为王子和一位宫殿建在墓地的公主恋爱,是一件非常不吉利的事。因此,他的父王坚决反对这门亲事,并且发出告示:任何人不得在敏格拉洞市和德拉市之间交往、走动。

　　在敏格拉洞市旁边,有一条河流。在那条河流中,有一只叫作鄂摩耶的鳄鱼。敏南达因为父王不允许自己去信遗侬那里,无奈之下只好坐在河边发呆。这时,鄂摩耶游到王子的身旁停了下来。

　　"王子殿下,我能为您做些什么呢?"鄂摩耶问道。

　　"鄂摩耶,你什么忙也帮不上我。我想到河对岸我的心上人那里去。但是我的父王下了命令,不让人到德拉那边去,所以,我不敢去。"敏南达回答道。

　　"我的王子殿下,这个忙我可以帮你。"鄂摩耶十分高兴地对敏南达说,"我把你含在嘴里,把你带到河对岸,保证谁也看不见。"

　　敏南达同意了鄂摩耶的主意。到了晚上,他爬进鄂摩耶的大嘴里,渡到对岸,和信遗侬见面。次日一早,他再坐在鄂摩耶的嘴里返回敏格拉洞市。从此,天天如此,夜夜如此。

　　在这条河流里还有一只雌鳄鱼,名叫玛小气。玛小气可不是一只可以小看的鳄鱼,它有能变幻成人的魔力。玛小气对鄂摩耶是单相思,鄂摩耶却对它一点儿也不感兴趣,所以玛小气总找鄂摩耶的碴儿。

可是，鄂摩耶就是鄂摩耶。它是一只为像敏南达这样的英俊王子服务的鳄鱼，它不愿意和玛小气以及其他鳄鱼在一起，不高兴与它们为伍。

对此，玛小气很难接受，它发誓总有一天要报复鄂摩耶。

一天，玛小气摇身一变，变成一个侍女，来到信遗侬的身边，侍候信遗侬公主。过了几日，玛小气问信遗侬公主："敏南达王子晚上来的时候，公主是枕在王子的右胳膊上睡，还是枕在王子的左胳膊上睡呢？"

"我枕在王子的左胳膊上睡。"信遗侬公主回答说。

"这是因为王子不是真的爱您。如果王子真的爱您，他就应该让您枕在他的右胳膊上睡。公主，您不妨试一试，看看他是不是真的爱您。"玛小气极力怂恿道。

玛小气的阴险用意是：如果敏南达王子允许信遗侬公主睡在他的右胳膊上，那么，敏南达王子就会威力大失，鳄鱼鄂摩耶也就会神力大减。

公主听信了玛小气的话。晚上，信遗侬公主真的像玛小气说的那样，请求敏南达王子允许她睡在他的右胳膊上。

王子对公主说："不要那样，我会做噩梦的，还会招来厄运。"

但是，信遗侬又像玛小气说的那样，对王子说："王子不允许我睡在你的右胳膊上，就是不爱我。"

王子不愿意看见公主不高兴的样子，只好同意了信遗侬的请求。

早晨,敏南达王子照例爬进鄂摩耶的嘴里,由鄂摩耶运他回敏格拉洞市。这时,玛小气纠集了它的同伙,一起向鄂摩耶进攻。鄂摩耶一边抵抗,一边寻找回敏格拉洞市的路线。

玛小气怀着仇恨,一定要抓住这个机会把鄂摩耶咬死。鄂摩耶在慌乱之中,忘了嘴里还有王子,不小心把王子吞到肚子里去了。历经千辛万苦,鄂摩耶终于游到了敏格拉洞市城下。

敏南达的父王听说王子失踪了,认为他可能到对岸的德拉市去了。国王于是来到渡口。这时,正好鄂摩耶游了过来。鄂摩耶见到了国王才发现自己把王子吞到肚子里去了。鄂摩耶马上从嘴里吐出王子,但王子已经咽气了。

鄂摩耶见王子已经死了,心里悲痛不已,对国王说:"都是我不好才害了王子,请国王对我处以死刑。"

国王说:"你没有过错,你很忠诚,你很好地完成了自己的职责。我不处罚你。不过,请你到河对岸去一下,把王子已经死了的消息告诉信遗侬公主。"

听到敏南达王子死了的消息,信遗侬公主禁不住号啕痛哭起来,最后忧郁而死。

当天晚上,德拉市和敏格拉洞市同时火化这对情人的尸体,只见火化冒出来的两股烟柱在河道的上空交织在一起,因为刚刚下过雨,形成了一道非常美丽的彩虹。

现在，缅甸人每当见到天空中出现彩虹时，就想起信遗侬公主和敏南达王子的故事。

七　驸　马

从前有一位国王,因感到自己年纪越来越大,就把王位传给了小儿子,自己则进了佛堂,整日念经守戒。可是国人却议论纷纷:"我们的新国王还太年轻,总有一天老国王会杀了他重新执掌王位。新国王根本就没有反抗的能力,他怎么才能渡过这个劫难呢?"

这些议论传到了新国王的耳朵里,他心想:国人的这些议论可能是真的,父王只是假意把王位传给我,所以我应该去探究一下父王究竟在干什么。于是他来到老国王的佛堂外面,只听国王在祷告:"愿吾儿健康,愿他成为一位英明的国王,愿他成为一名威严的国王,愿他能把国家治理得井井有条。"新国王听了以后,非常感动:"我怀疑父王真是大错而特错了。"于是他来到父王面前,叩下头去,将事情的前因后果说了一遍。老国王安慰了他一番,但是新国王觉得自己无论如何不应该再做国王了,在取得父王的同意后他便离开了自己的国家。

王子微服出游，从一个村庄到另一个村庄。一天，他来到某国的都城，住在城边一位老婆婆的家里。这位老婆婆是专门为国王的小女儿制作花串的，她每天把鲜花串在一起，然后到皇宫献给国王的女儿。

一天，王子问老婆婆："婆婆，您的女主人是国王的哪个女儿呀？"老婆婆回答说："孩子，我的女主人是国王七个女儿中最小的一个，貌若天仙，现在还未出嫁呢。她那些姐姐们都找了门当户对的王公大臣嫁出去了，只有这个小公主，不稀罕王公贵族，还待在闺中呢。"

有一天，王子在献给公主的花串中夹了一封信。公主一看到这封信，立刻就喜欢上了这位小伙子，决定和他结为夫妻，可她的姐姐们不同意。可七公主很有主见，最终还是和这位微服出游的王子成亲了。

一天，国王想试试这七个驸马的本事，就给了他们每人一千元钱，让他们去买马，在买来马的七天之内要举行赛马会。七个驸马一起来到城外的养马场买马。其他驸马一来到养马场就抢着选那些膘肥体壮的马，而这个平民打扮的驸马却在考虑该选什么样的马。正在他犹豫不决的时候，从一个角落里跑出一匹又瘦又丑的马，对他说："我遇到麻烦了，我偷吃了天神花园里的草，天神用箭射伤了我的腿，但是几天后我的腿就会好的，伤好后我还要到他的花园里吃草。"

七驸马心想:这匹马能到天神的花园里吃草,一定不简单,只有买这匹马我才能赢。于是他毫不犹豫地买下了这匹看上去又瘦又丑的马。回到皇宫,人们都嘲笑他,姐姐们也取笑小公主。小公主却说:"姐姐们,男人都是有独特眼光的,女人不要掺和男人的事,随他们去吧。"七驸马给这匹瘦马疗伤,喂它上等的饲料,七天以后,它恢复了一匹宝马良驹的本来面目。

赛马会开始了,最后,七驸马的那匹瘦马获得了胜利。国人都称赞小驸马,国王也很高兴,六个姐姐却不服气,认为这匹瘦马不过是侥幸获胜罢了,不能以一次定胜负。于是国王又下令七位驸马带上自己的生活必需品,乘同一艘船去做生意。

船行至半路,七驸马说:"就把我放在这里吧,你们回来的时候叫上我。"于是七驸马上了岸,晚上露宿在一棵参天大树下。只听树上的鸟儿在互相打听今天吃了什么食物,其中一只鸟儿不无自豪地说:"我吃了一粒红宝石。"他悄悄记下鸟儿的话。

第二天早晨,鸟儿们都飞出去觅食了。七驸马趁这个机会在大树下烧了许多稻草。晚上鸟儿们回来休息的时候,那些吃了红宝石、蓝宝石、钻石的鸟儿都将粪便排下来掉到稻草灰里。一只见多识广的鸟儿看到后告诫其他鸟儿们:"你们是在做蠢事,以后你们在方便的时候要先往下看,你们排下去的这些金银宝石都被一个人收走了,以后你们再也吃不到了。"从此以后,鸟儿们方便的时候都有先往下看的习惯。

　　七驸马收好了这些金银宝石,等其他驸马来接他,那些驸马却都无功而返。回到皇宫,七驸马把这些财宝献给了国王。国王自然又是龙颜大悦,但六个姐姐依然不服输,向国王建议说:"考验男人的本领要以三次为准。"

　　于是国王下令说:"这次每人各乘一艘船出海,每艘船拨给一定数量的银子。"

　　于是七位驸马又出发了。

　　七驸马到了一个港口时,见有人正要杀一条蛇,便说:"朋友,你别杀它了,我给你五百两银子。"于是那人放了蛇。

　　蛇被放出不久便变作一位少女,少女举着一棵百宝树,来向七驸马谢恩道:"我本是龙王的女儿,征得父王允许来到人间,如果不是被您相救,我早就没命了。请您收下这棵百宝树,权且表达我的一点谢意。"

　　七驸马收下了百宝树,去找姐夫们,得知他们到了一个发生叛乱的国家,被乱党扣压了起来。七驸马平定了叛乱,救出了姐夫们,回到了自己的国家。他将百宝树献给了国王,这次国王更加满意了,便将王位传给了七驸马。

孔畅络与楠妩缤

从前,在掸邦①南部,丹伦江和南登江中间,有一座叫作景当的镇子。在这座镇子里,住着一个富翁。他有一个儿子,名叫孔畅络。孔畅络年少英俊,没几年就长成了一个健壮的小伙子。

在这座城市里,像孔畅络这样漂亮的小伙子几乎再也找不到了,所以,镇里的姑娘们都追孔畅络。在众多的姑娘当中,有一个名叫楠妩辨的老姑娘对孔畅络追得最厉害。楠妩辨一边使出浑身解数追孔畅络,一边笑眯眯地帮助孔畅络的母亲做一些家务活。孔畅络的母亲很喜欢楠妩辨姑娘,有意把楠妩辨娶过门来做自己的儿媳妇。富翁呢,对这事却漠然置之,什么话也不说,根本不表态。

孔畅络一点儿也不喜欢楠妩辨,对她根本不感兴趣。楠妩辨在水中走路时,水中就要起泡;在屋里地板上走路时,地板就要断

---

① 掸邦:缅甸联邦里面积最大、人口最多的一个邦。

裂。对这样的女人,孔畅络怎么能看上眼呢?他对父母说,自己现在年纪还小,不想成家,想用父母的钱买来五百头牛和伙伴们一起去做生意。母亲欣然同意了他的要求。

时间过得真快,转眼孔畅络和他的伙伴们一起做生意已经有六个年头了。这一年,他们来到了南坎镇旁边的勐甘镇。勐甘镇坐落在南登江的源头,是一个风景秀丽、土质肥沃的好地方。勐甘镇的周围群山环抱,布朗族人在山冈上以种植豆类和茶叶为生。孔畅络一伙商人就在勐甘镇的一处平地上住了下来。

有一天,孔畅络拿着钱包,走家串户,询问牛的价格,不知不觉他来到了勐甘镇一个富翁的家门前,看见院舍里种了各种各样的花草,庭院显得异常秀丽。更令他惊奇的是,屋里还有一位美貌绝伦的姑娘,她的名字叫楠妖缤。

孔畅络走进庭院,亲切地向主人问候了几句,说自己是从远方来的商人,能够认识他们感到非常高兴,并说他一见到楠妖缤就深深地爱上了她,请求楠妖缤的父母把女儿嫁给他。楠妖缤的父母仔细地看了看孔畅络,见他英俊无比,仪表堂堂,就同意了孔畅络的请求。

不久,孔畅络和楠妖缤就结了婚,夫妻俩恩恩爱爱,亲密无间,家庭非常幸福。孔畅络甚至把景当镇的父母都给忘了。

说话一年过去了。一日,孔畅络想起了景当镇家中的父母,就对妻子楠妖缤说自己想回去省亲。妻子虽然舍不得离开丈夫,但是一想到丈夫是去探望父母,也就同意了。此时的楠妩缤已经有了身孕。孔畅络得到妻子的同意后,离开了妻子和一起来的伙伴们,只身一人骑马回乡看望父母去了。

孔畅络回来以后,母亲自然很高兴。但是,从此母亲再也不允许他离开半步,把他紧紧地留在自己的身旁。到了孔畅络与妻子约定好的回去的时间,母亲还是不允许他离开,孔畅络没有办法回到妻子的身边,心里万分焦急。

楠妩缤见丈夫在约定好的日期没有回来,就同孔畅络的伙伴们一起来到了景当镇寻夫。到了孔畅络的家中,孔畅络的母亲假惺惺地装出一副亲热的样子,欢迎楠妩缤的到来,并给她准备了被褥等。有一天,孔畅络外出去讨债,孔畅络的母亲便有了虐待楠妩缤的机会,她把一把刀插在装米的筐上。楠妩缤准备做饭去舀米时,手被刀划破了。这时,孔畅络的母亲故意让楠妩缤去做油腥很大的菜,以使楠妩缤的伤势加重。楠妩缤心里很不是滋味,她很难接受这种虐待,于是就领着带来照顾她的老妇人一起回勐甘镇老家。

半路上,楠妩缤临产了,但是孩子死了。如果把孩子的尸体埋在土里,她担心孩子会变成青蛙;如果把孩子的尸体扔进水里,她害怕孩子会变成鱼。所以,楠妩缤就把孩子的尸体放在一根树桩上。后来,死去的孩子变成了一只鸟儿,这只鸟儿发出咚络——咚络的叫声,人们认为这是孩子在呼唤他父亲孔畅络的名字。直到现在，掸族人仍然管这种鸟叫咚络鸟。

楠妩缤生产以后，身体很虚弱，可她硬撑着回到了自己的家。但是，由于身体不好，回到家没多久她就离开了人世。孔畅络外出讨债回来以后，听说楠妩缤回家了，就立刻骑马赶来。等到了楠妩缤的家时，楠妩缤已经死了。孔畅络一听自己心爱的妻子已经离开了人世，就再也无法控制自己，拔出腰刀插进了自己的胸膛。两具尸体合在了一处。

在景当镇，孔畅络的父母听到儿子和儿媳妇一起死了的消息，立刻赶到了勐甘镇。在儿媳妇活着的时候就讨厌儿媳妇的孔畅络的母亲，在给儿子和儿媳妇下葬的时候，故意用自己从家里带来的扁担把他俩隔开。

孔畅络和楠妩缤死后，变成了天上的猎户星座，恶毒的母亲放在他俩中间的扁担，把两颗星隔开，变成了三颗星同在一条直线上。据说，孔畅络和楠妩缤这两颗星每隔三年并到一起一次。每逢这一年，茶叶的价格总是非常好。楠妩缤的纺车变成了石纺车，楠妩缤的小狗变成了天上的金星。孔畅络由于用刀刺进了自己的胸膛，现在，人们看见孔畅络星还显得有点儿红，像血似的。

孟加拉苹果里的公主

从前，在一个国家里，有一个王子。有一天，王子春心萌动，就外出去寻觅知心伴侣。他走着走着，走进了一座森林。

在这座森林里，王子碰见了一位道行很高的和尚。王子马上向和尚行五体投地礼，并在一旁服侍和尚。

和尚问道："施主为何来到这座森林里？"

"弟子乃是当今国王的儿子。弟子想结婚，就出来寻觅意中人。"王子说。

"那好吧。我的弟子，你遇见了法师我，真是有福气。法师一看见弟子，就知道弟子将会成为一位威力无比的国王。法师我这就把有弟子意中人的地方告诉弟子。"和尚说着，就用手杖一指，变出一匹马来。

法师用手指着那匹马对王子说道："我的弟子，你骑着这匹马，让马信步向前走去，在马停下来的地方，你会看见一棵孟加拉苹果树，树上结了一个果子，那果子里有与你相配的长得像仙女般的姑娘。好了,我的弟子,你别耽误了,现在就去吧!"

就这样,王子骑上了和尚为他变出来的马,策马向前走去。马走呀走,突然停了下来,王子抬头一看,一棵孟加拉苹果树就在他的面前。

王子翻身下马,走到大树底下,伸手摘下了树上唯一的一个果子。他小心翼翼地把果子打开,一位美貌绝伦的公主立刻出现在他的眼前。公主实在是太美了,王子惊喜万分,竟一下子晕了过去。公主轻轻地把晕倒的王子抱起,正在这时,一个头顶水罐的巫婆来到了公主身旁的湖边打水。

公主看见来打水的巫婆,心里忽然想起要是给王子喝一点儿水,王子可能就会醒来。公主这样想着,就对巫婆说道:"麻烦您,给我一点儿水吧!"

"你要水,你就自己打吧!"巫婆冷冷地说道。

公主只好小心翼翼地把王子放在地上,转过身来到了湖边的打水台上,拿起水罐弯腰打水。不料,就在这时,巫婆从公主的后面猛一推公主,把公主推到了湖里。公主一掉到湖里,就变成了一朵大荷花。

这时,只见巫婆施展法术,摇身一变,变成了公主,向王子走过去。她用手轻轻地在王子身上点了一下,王子马上就苏醒过来。王子还以为她就是刚才那位美丽的公主,便把她领回了王宫。

回到宫里,国王为他们举行了盛大的婚礼。

　　一天,国王到森林里狩猎,无意中来到了巫婆把公主推进去的那个湖边,看见湖里那朵由公主变的大荷花,国王不由得赞叹道:"啊! 多么美的荷花呀!"

　　国王十分喜爱这朵大荷花,就命令大臣们给他摘来。大臣们奉命一个个下到湖里,去摘那朵荷花。可是,说也奇怪,不管是哪个大臣,刚一接近荷花,荷花就往前漂走,离得更远,硬是谁也接近不了它。国王只好放弃,悻悻地回到了宫中。

　　回到王宫以后,国王下令在都城的大街小巷鸣锣宣示:"谁能把湖里那朵大荷花摘下来,国王必有重赏!"

　　都城里所有想得到这笔奖赏的人都争先恐后地去摘那朵荷花,可是谁也摘不到。

　　于是,国王把王子叫来,让王子去摘那朵荷花。王子不敢违抗父王的命令,就出发去摘荷花。

　　王子来到了湖边,刚一下到湖里,不料,那朵荷花忽地向王子漂来,最后,竟然漂到了王子的手里。

　　变成荷花的公主久盼王子,望眼欲穿,终于把她的心上人盼来了。但是,王子却还蒙在鼓里。王子把荷花抱在怀里,回到了宫中,把它献给了父王。父王异常高兴,把荷花交给了儿媳,命她插在佛龛前。

　　巫婆接过荷花一看,心知这一定是公主,但是,她还是按照国王的命令,把荷花插在了佛龛上。

一天，王子经父王允许，到其他国家去游玩。王子走了以后，插在佛龛前的那朵荷花突然变得蔫了。巫婆看了，嘟囔道："看，情人在时，她显得色泽鲜艳，生机勃勃；情人不在时，她蔫得像枯叶似的。干脆把她扔掉算了！"说完，巫婆就随手从佛龛上取下荷花扔了。

第二天，在巫婆扔荷花的地方长出了一株芋头苗儿。

王子从外面游玩回来，不久国王就生病了。御医吩咐说，得给国王熬芋头苗儿汤喝，这样才能补身子，恢复元气。

巫婆就把她扔荷花后长出来的那棵芋头苗儿给采来了。国王喝了芋头苗儿汤以后，果然精神大爽，病立刻就好了。

巫婆想尝尝自己熬的汤是什么味道，是甜的还是咸的，于是她舀起一勺喝了点儿，结果那汤竟是苦的。巫婆气急败坏，心想：国王喝是甜的，我一喝怎么变成苦的了？她气极了，随手就把汤全倒了。

第二天，在巫婆倒芋头苗儿汤的地方长出了一个大芋头。

一天，在王宫附近住的一对老夫妻走了过来，看见地上长出的大芋头，就把它拿回家里，准备做汤喝。

到了家以后，老妇刚用刀把芋头切开，就看见一位貌若天仙的姑娘从芋头里走了出来。这下，可把老夫妻乐坏了。老夫妻像对待亲生女儿一样对待这位姑娘。

一天，王子骑着大象在都城里巡游，看见一位姑娘正在家里纺线,爱慕之情油然而生,立刻从大象上下来,走到了姑娘纺线的纺车旁。

纺线姑娘看见王子,停下了手中的活儿,向王子哭着诉说了一切。这时,王子才恍然大悟,知道自己娶的是个巫婆,这位姑娘才是从孟加拉苹果树果子里出来的那位美丽的公主。于是,王子把公主带回了宫里。

巫婆看见王子带着公主回来,知道事情已经败露,慌忙施起法术遁去。

王子重赏了那对老夫妻之后,在王宫里与真正的公主举行了盛大的婚礼,从此两人过着幸福快乐的生活。

貌貌与仙女

从前,天上住着一个仙女,名叫玛拉拉,所有看见过她的青年都想追求她。

人间有七个兄弟,最小的弟弟名叫貌貌。一天,七兄弟换上漂亮的衣服,装扮一新,一起上天去追求玛拉拉。沿途,他们逢人便问:"我们要上天去追求玛拉拉。我们当中谁最英俊?"所有的人都异口同声地回答:"小弟弟貌貌最英俊。"这样,六个哥哥就起了嫉妒之心,他们强行将小弟弟赶回了家。

六个哥哥到了天上,仙女玛拉拉向父亲天神报告人间有六个兄弟前来求爱的消息。天神问道:"女儿,你有什么想法?"听女儿说对这六个人毫无兴趣,天神便说:"用煮稻子招待他们,然后就打发他们回人间吧。"

于是,六兄弟既没吃到饭,也没吃到菜,只吃了一些煮稻子,便回到了人间。哥哥们一回来,貌貌便独自一人上了天。

貌貌在上天的途中遇见一只老鹰正在抓一只小鸟儿,他就把老鹰吓跑了,救了小鸟儿。

仙女玛拉拉对貌貌一见钟情,她向父亲表明了自己的态度。天神说:"用饭菜好好地招待他,然后让他回到人间去吧。"

仙女玛拉拉用丰盛的饭菜盛情款待了貌貌之后,就舍不得让他走了。貌貌也非常爱玛拉拉,便向她求婚。

玛拉拉向父亲请求让自己嫁给貌貌,天神便用多种方式考察貌貌与自己的女儿是否般配。他给貌貌出了几道难题,貌貌都轻而易举地解答了。

天神的第一个问题是:"我们房间地板的上首是哪个方向?"貌貌正确地回答道:"是西方。"

第二个问题是:"我们家房柱的上首是哪个方向?"貌貌也正确地指出:"是埋在地下的那一方。"

最后一道难题是让貌貌将一个杯子里倒满水,但不能把杯子周围弄湿。

貌貌犯愁了,怎样才能将杯子里倒满水,又不把杯子周围弄湿呢?这时,他想起了在上天的途中遇见的小鸟儿。貌貌一思念小鸟儿,小鸟儿就来到他的眼前。

貌貌向小鸟儿求助,小鸟儿说:"别担心,我用嘴含着水一次次地注到杯子里,只有这样才能满足他的要求,既能将杯子里注满水,又不会将杯子周围弄湿。"说完小鸟儿便用嘴帮貌貌向杯子里注水。

天神看到貌貌解答了自己出的难题，就将女儿嫁给了他。

貌貌带着妻子玛拉拉在返回家乡的途中感到口渴，他便将玛拉拉放在一棵树上，自己去找水。

这时，树神正坐在这棵树下，披散着头发捉虱子。树神看见地上有一个戴着珠宝首饰的人的影子，以为是自己的影子，觉得非常奇怪：我一件首饰也没戴呀，怎么影子却戴着首饰呢？她高兴得大叫大嚷，又蹦又跳。

看到这种情形，树上的仙女玛拉拉拍手大笑："把我的影子当成她的了，真是可笑。"

树神让仙女玛拉拉下来，玛拉拉一下地，树神便一口将她给吞了，再吐出来时，玛拉拉就变成了一个用葫芦做的水壶，树神自己则扮作仙女的样子。

貌貌找水回来后，看见树神，非常吃惊地说："你怎么会是我的妻子呢？"

树神说："我就是你的仙女妻子啊。你去找水的时间太长了，我的相貌都发生了变化。"

貌貌又说："你的指甲怎么这么长啊？"

树神说："因为总是用手指着你走的方向，盼着你，所以指甲就长长了。"

貌貌又说："你的眼睛一点儿也不明亮，怪吓人的。"

树神说："因为长时间地看着你回来的路，盼着你，所以眼睛都变形了。"

最后，貌貌只好无可奈何地带着树神，背上葫芦水壶，继续赶路。

村民们都想亲眼看看仙女的美貌，便争先恐后地前来迎接他们。当他们看到貌貌带回的是一个异常丑陋的树神时，都感到很失望，各自回家去了。

貌貌听到村民们的非议，心里很不好受，但他仍然每天叫上树神同他一道下地干活。

当貌貌和树神外出时，葫芦水壶就恢复仙女的原形，做好饭菜，然后又变成葫芦水壶。

貌貌干完农活回到家，看到现成的饭菜，惊讶极了。

第二天，貌貌说要去干活了，就出了门。半途中他却悄悄地返回家中，想暗中弄清楚是谁帮他做的饭。

到了做饭的时候，貌貌看见葫芦水壶变成了仙女玛拉拉，替他做饭。貌貌从躲藏的地方出来，紧紧地抱住仙女玛拉拉。仙女玛拉拉求他放了自己，说："快放开我，我可害怕那个树神，就是她将我吞到肚子里，又把我变成葫芦水壶的。"

貌貌没有放开仙女玛拉拉，而是将她带进卧室，说着甜言蜜语。

树神回到家时，生气地大叫大嚷："快来开门，你同谁在我的房间里说话呢？"貌貌不给她开门，树神就把门砸坏，冲了进来。

貌貌说："我无法分清你们俩谁是我真正的妻子,就让你们比武吧。谁获胜,谁就是我的妻子。"他递给仙女一把锋利的钢刀,递给树神一把木制的刀。

比武时,树神用木刀砍到仙女玛拉拉,当然这不会使玛拉拉受重伤,而手持钢刀的玛拉拉将树神砍成了三段。

他们将树神的尸体扔到屋外的园子里,结果树神变成了一棵野生的香蕉树。

从此,貌貌和仙女玛拉拉幸福地生活在一起。

诚实的渔夫

从前,有一个名叫吴财的富翁,他吝啬极了。有一天,吴财去朝见国王。从京都回来上渡船时,他不小心将钱袋掉进了河里。这下可把他急坏了,他赶紧叫随从们下河去捞钱袋,但是怎么也找不到钱袋。回到家里以后,吴财为这事吃不好,睡不宁,整天什么事也干不下去,挖空心思地想怎么样才能找回他丢失的钱袋。最后,他终于想出了一个主意。

第二天,他让人沿街鸣锣宣告:"大家听着,若有人能把吴财富翁丢失的钱袋找回来,重赏银圆一百块!"

吴财以为这样肯定可以找回他丢失的钱袋,他每天在大门口等候来送钱袋的人。

一天,两天,三天……时间一天天地过去了。吴财每天都到大门口等,可是每天都是空手去,空手归。吴财伤心透了,他觉得他的钱袋是没希望找到了。

一晃又过了几天。这一天,来了一个年轻人,这人手里拿着一个大钱袋。吴财远远地看见了,甚是喜出望外,乐得嘴都合不上了。

"请问,吴财大财主在家吗?"

当吴财听到有人打听他的名字的时候,他急忙回答说:"在,在,我就是吴财!""那么,你找我有什么事吗?"吴财明知故问道。

"我找回了大财主丢失的钱袋,特地给您送来。"年轻人回答。

"太好了。那么,小伙子,你是从哪儿捡到的呢?"吴财又问道。

这时,穿着破旧衣裳的年轻人回答说:"我是一个渔夫。今天早晨我出去打鱼的时候,在渔网里发现的。我想,肯定是大财主您丢失的那个钱袋,所以就送来了。"

"好哇,好哇。"富翁忙接过钱袋,一边打开钱袋数钱,一边连声说好。

富翁仔细数过钱袋里的钱以后,倒是说了声"谢谢",但对曾答应重赏一百块银圆的事只字不提,装作对此事一无所知的样子。

渔夫耐心地等着,富翁可能就要给重赏了。过了很久,富翁仍然无动于衷,丝毫没有想给的意思。

"大财主,我想回去了。您把答应给的一百块银圆给我吧。"渔夫实在等不下去了,就向富翁索取。

富翁马上红了脸,愤愤地反问道:"什么,你说什么一百块银圆?"

"大财主不是让人在大街小巷里鸣锣宣告了吗？若能找到富翁丢失的钱袋并还给富翁,就重赏一百块银圆,您难道忘了吗？现在,我已经将您的钱袋找了回来,并原封不动地还给了您,您应该按您说的那样给我一百块银圆呀!"渔夫提醒说。

这时,富翁狡辩道:"噢,你是说这件事呀,那不用再给你了,因为你已经取出去了,不是吗?"

"我没有取呀!"渔夫坚定地说。

"你听着。我的钱袋里原来装的钱是一千一百块银圆,现在,只剩下一千块,那缺的一百块不就是你拿走了吗?所以呀,不能再给你了!"富翁提高嗓门喊起来。

"你骗人!你是怕给我一百块银圆。你的钱根本不可能少!"渔夫对富翁无端地污蔑他气愤极了,也大声喊道。

富翁非但不给渔夫一百块银圆,反而命手下人将渔夫轰出门去。渔夫非常不满意富翁的做法,也接受不了富翁对他的污蔑,最后,他决定到府衙那里去告富翁。

富翁呢,由于找回了他丢失的钱袋高兴得不得了,哈哈大笑起来。

府衙大人接到渔夫的诉状,立刻传富翁带着他失而复得的钱袋到府衙来。府衙大人问道:"富翁,渔夫告你不给他一百块银圆奖赏。这是真的吗?"

"没有这件事,大人。我已经给他了。"富翁回答说。

"那么,渔夫怎么说你没有给他呢?这到底是怎么一回事?你要老实交代!"

"启禀大人,原来我的钱袋里总共装着一千一百块银圆,现在一查只剩下一千块了,缺了一百块,分明是被渔夫拿走了。所以我说已经给了他一百块银圆。"富翁争辩道。

"我根本没有拿他的钱。我甚至连他的钱袋都没有打开过。请大人明查。"渔夫立刻反驳道。

"富翁,那么你钱袋里原来确实装了一千一百块银圆,是吗?"府衙问道。

"是的,是的。"富翁回答。

"那么,请把你的钱袋给我看看。"府衙命富翁交出他的钱袋。

府衙随即将钱袋打开,然后一板一眼地说道:"是呀,钱袋里总共有一千块银圆。富翁说他钱袋里总共有一千一百块银圆,渔夫说他根本没有拿富翁的银圆。如果果真像富翁说的那样,是渔夫拿了那缺的一百块银圆的话,那么,他拿一百块也是拿,拿一千块也是拿,他为什么还要还给富翁一千块呢?所以,这是根本不可能的事。因此,这个钱袋从一开始就只有一千块银圆,这个钱袋根本就不是富翁丢失的那个钱袋,与富翁无关,只与渔夫有关。所以,本衙判定:这个钱袋由渔夫拿走。"

由于富翁一直强调说自己的钱袋里有一千一百块银圆,所以,他也不好说这个只有一千块银圆的钱袋就是他丢失的钱袋。他无法拒绝府衙的判决,只好十分不情愿地将手中的钱袋交给了渔夫。

诚实的渔夫拿着装有一千块银圆的钱袋高高兴兴地离开了府衙。富翁呢？出了府衙他便昏了过去。

聪明的小律师

很早以前,在一个康塞族的山寨里,有一个权势很大的头人。他命令凡是在他所管辖的地区里,成年男子都必须到他的部队里服役。

按照他的规定,在他的部队里服役的每个士兵必须熟练地掌握林中作战的本领,并且至少要参加过两次战斗,才能被允许回到自己的家乡。而一旦战事需要,还要再被重新召回来服役。至于那些还没有掌握或者尚未熟练掌握作战本领的士兵,就要继续留在山寨里练兵习武,并且干些砍柴、狩猎等勤杂事务。

有一天,山寨里的一位老猎人同士兵一起到森林深处去狩猎。

到了森林里,士兵们因为年轻力壮,便爬到一棵高树顶上放置了套圈,而经验丰富的老猎人却把套圈放在地上。

第二天一大早,士兵们趁老猎人还没有醒来,就悄悄地从床上爬起来,跑到树林里,看是否套住了动物。结果他们发现自己的套圈一无所获,而老猎人的套圈却套住了一只羚鹿。

　　士兵们没有套着猎物,觉得脸上无光,恐怕被人讥笑,就偷偷地把老猎人套住的羌鹿取了下来,放在自己的套圈上,然后,他们就迅速地躲在老猎人要来的路旁。

　　老猎人醒来后,就去看自己的套圈。他来到放置套圈的地方一看,什么也没有套着,便去看士兵们的套圈。

　　这时,早已躲在路旁的士兵们,装作若无其事的样子,从路旁走出来,也朝放置套圈的地方走去。

　　一走到放置套圈的树下,士兵们立刻露出一副欣喜若狂的样子,兴致勃勃地告诉老猎人,说他们的套圈套住了一只羌鹿,并且很快爬到树上把羌鹿取下来给老猎人看。

　　老猎人看了看树上,又瞧了瞧士兵们手中的羌鹿,肯定地说:"这是根本不可能的事!无论如何羌鹿是不会上树的!这只羌鹿一定是我的套圈套住的。"

　　士兵们满不在乎地说:"我们不管羌鹿会不会上树,只要它在我们的套圈上,那就是我们套住的。"说完,士兵们抬着羌鹿扬长而去。

　　老猎人气愤极了,向山寨头人控告说:"头人,您的士兵把我套住的一只羌鹿偷走了。"

　　山寨头人一看被告是自己的士兵,再说羌鹿的肉又香又好吃,就想方设法袒护自己的士兵。可是,他又怕别人讥笑自己是不义的"法官",于是他眼珠一转,计上心来。他对老猎人说道:"我限你三天之内找到为你辩护的律师,如果三天之内,你找不到律师,那这场官司可能就要算你输了。"

老猎人没有办法,只好肩扛一大串香蕉,爬过了一岭又一岭,翻过了一山又一山,跋山涉水,到处去寻找律师。

第二天,老猎人见到一群儿童在地里玩抓坏人的游戏,就饶有兴趣地站在一旁观看。儿童们玩累了,便停了下来。当他们看到老猎人扛着一大串香蕉时,不知谁喊了一声:"喂,伙伴们,发现了坏人!"于是,孩子们蜂拥而上抢老猎人的香蕉吃。

老猎人央求说:"孩子们,不要抢!我是一个穷人,就只有这么一串香蕉呀!"孩子们看到老人惊慌失措的样子,都调皮地大笑起来。

但是,有一个小孩却没笑。他和气地问老猎人:"老爷爷,您要到哪儿去呀?扛这些香蕉干什么?"于是,老猎人便把自己必须在限定的期限内寻找到一位律师的事告诉了小孩,并希望小孩能帮忙,说如果能帮自己找到律师,就把香蕉全部送给他。

小孩听了老猎人的话,十分同情地说:"老爷爷,您别着急,我来给您当律师。"

老猎人不安地说:"你现在就得跟我去,等过了三天,官司就算我输了。"

小孩对老猎人说:"您对山寨头人说,我一定在规定的时间内到达。"小孩说完便又和其他小孩一起高高兴兴地玩游戏去了。

老猎人回来后,对山寨头人说:"头人,我已经找到了律师,将在您规定的时间内到达这里。"

山寨头人认为,无论是谁也无法为这个案子进行辩护,所以,他对老猎人的话不以为然。

规定的时间到了,被告和原告均已到齐,但是老猎人的律师却还没有到。大家足足等了一整天也不见律师的影儿。山寨头人大发雷霆,狠狠地把老猎人痛斥了一顿,然后宣布把时间推迟一天,明天再审理此案。

第二天,小律师来了。山寨头人一见到小律师,便厉声问道:"你为何不按规定的日期到达?"

小律师不慌不忙地回答道:"我是按时出发的。不过,一路上,我翻过了许多山。在一个山顶上,我遇见了一件奇怪的事儿:山下小河里的小虾米竟然能爬到山顶的树上吃无花果。我感到很有意思,一直看了很久,所以,才来晚了。"

山寨头人听了大怒,吼道:"你胡说! 河里的小虾怎么能爬到山顶的树上吃无花果呢? 你竟敢如此大胆地骗我,罪该万死!"

这时,小律师不慌不忙、一板一眼地说道:"尊敬的头人,既然虾米不能爬到山顶的树上吃无花果,那么,羚鹿怎么能在树上被套住呢? 虾米是不能上树的,羚鹿也是不会上树的。那就请您把不能上树的羚鹿还给老猎人吧!"

山寨头人瞠目结舌,无言以对,只好判士兵们输了,并把羚鹿归还给老猎人。

　　消息很快传开了。山寨里，人人都称赞这个小孩是一个聪明的小律师。

聪明的法官

有一天,天气很热,一个农夫手里牵着两头刚从邻村买来的牛,在回家的路上走着。他心里高兴极了,为了买到这两头牛,他舍不得吃,舍不得穿,才积攒够了买牛的钱。他一路走着,目不转睛地看着这两头牛,心里美滋滋的。"现在有了牛,干活就不需要费力气了。重活有牛干,我呢,只干点轻活就可以了。从今年开始,地一定犁得更好,收成也必定很不错,秋收以后,就能多赚一些钱了。"农夫越想心里越得意。

天气真热。农夫一边走着,一边擦着额角的汗水。这时,他看见眼前有一棵枝叶繁茂的大树,觉得凉爽多了。他赶紧牵着两头牛来到大树下,一屁股坐在一块大石上。"啊,真凉快呀!"农夫自言自语地说。这里离他居住的村子已经不远了。大热天,他走得很累,想在这儿先休息一下,牛也可以在大树附近吃一些青草,然后再回家不迟。

农夫又热又乏,坐在石头上看着两头牛吃草,手里牢牢地牵着牛的缰绳。刚过了一会儿,他就觉得有些昏沉沉的,头不自觉地向下垂,眼睛也睁不开了。他累得睡着了。

这时,一个陌生人路过这里。他看见靠着大树打盹的农夫,还有在大树旁吃草的两头壮牛,心生邪念,立刻把两头牛的缰绳轻轻地从农夫手中抽出,牵着牛蹑手蹑脚地走了。

过了一会儿,农夫醒了,立刻发现两头牛不见了。他非常后悔,刚才自己为什么打盹儿呢?他顺着大路望去,只见前面不远处有一个人正牵着两头牛急匆匆地赶路。

农夫马上赶了上去。看见那人神色慌张地牵着自己买来的那两头牛,农夫便大声问道:"你为什么偷我的牛?"

"你的牛?"陌生人故作镇静地反问道,"你说什么呀?这两头牛明明是我的,怎么能说是你的呢?"

"当然是我的啦,是我刚刚买来的。刚才我还牵着它们呢!你为何趁我在大树底下打盹儿的工夫,偷了我的两头牛?"

农夫说着,就从陌生人手里抢牛缰绳,陌生人死死攥着不放。于是,两个人撕扯起来。

陌生人贼喊捉贼,恶人先告状,在路上大声喊起来:"你这个人欺人太甚,明明是你光天化日之下拦路抢劫,却污蔑我偷了你的牛,真是岂有此理!"

两个人拉拉扯扯,撕撕打打,不知不觉来到了农夫居住的村子。村民们看见他们扭打在一起,感到很惊讶,就围上来看个究竟。

"这个家伙偷了我刚买的两头牛!"农夫对村民们说。

"我说,善良的人们,你们千万别听他胡说。"陌生人极力分辩说,"他发疯了。刚才,我牵着两头牛在大路上赶路,他突然跑过来从我的手中抢缰绳,想半路抢劫。"

"你纯粹是胡搅蛮缠,胡说八道。你趁我在大树下歇着的时候,偷走了我的牛。"农夫分辩说。

"那么,好吧。你说说看,你的牛有什么记号? 你用什么证明这是你的牛?"陌生人挑衅地说。

"喂,我说,你们干吗不去找村里的法官?"围观者中有人提议道,"你们都知道,那法官可是一位聪明的法官呀!"

于是他俩在众人的簇拥下,来到了法官家。法官是个老头儿,他专心地听了两个人的申诉,又以锐利的目光看着两个人,然后思索了一会儿,对陌生人说道:"我可以问你几个问题吗?"

"当然可以,阁下。"陌生人回答。

"你说这两头牛是你的,请问,你说的是实话吗?"

"是的,阁下。我说的全都是实话。这两头牛理所当然属于我!"

"那么,你买了很久了吗?"

"当然。"

"看样子,这两头牛长得很结实,是吗? 那么,请问,你都喂什么东西给它们吃呢?"

"回答阁下,我喂的是玉米和谷壳。"陌生人说。

接着,法官又问农夫:"请问,这两头牛是你的吗?"

"是的,阁下。"农夫回答说,"我没有钱买玉米和谷壳,只好喂它们青草吃。当这个家伙牵走我的牛时,它们正在我身旁吃草呢!"

"好。"法官对围观的众人说道,"牛到底是谁的,到底谁是偷牛人,我们马上就会见分晓了。请诸位稍等片刻。"

只见法官走进屋内,少顷,又提着一桶水出来,让两头牛喝水。不一会儿,牛开始呕吐。原来法官往水里加了能让牛呕吐的草药。结果,牛吐出来的全是青草,没有玉米,也没有谷壳。这样,谁是牛的主人,谁是偷牛人,就一清二楚了。众人赞叹不已,对法官用这么简单的方法就断明了这个案子,佩服得五体投地。

这时,只听法官微笑着对农夫说:"好啦,你就把你的牛赶快牵回去吧,下次可要小心喽。"

接着,法官又厉声对陌生人说道:"你还敢说你没有偷牛吗?行啦,事实俱在,罚你十个金币,作为对农夫的赔偿。"

偷牛人低着头,不敢吭一声,乖乖地拿出十个金币给农夫,然后狼狈地溜走了。

农夫拿着偷牛人给他的十个金币,买来了好吃好喝的,宴请法官和全村的乡亲们,大家一边吃喝,一边称赞着法官的聪明。

献　鸡

从前,在一个村子里,有一位穷苦的农民。这个农民企盼着能早日摆脱自己贫困的生活境地。

有一天,农民想出了一个主意。他抱着一只公鸡朝王宫走去,准备把这只公鸡献给国王。

农民到了王宫以后,首先向国王讲明了自己的来意。国王见一个农民竟敢如此大胆地抱着一只公鸡前来献礼,感到又可气又可笑。于是,他一边讪笑着,一边对农民说:"若想改变你的困难生活并不难,只要你提出要求,朕认为该给你的就会给你。可是,你只献给朕一只公鸡,那可实在少得可怜。朕一家六口,有王后和两儿两女,这一只公鸡,怎么分呢!"

农民听了国王的话,说:"陛下,您说的确实是一个问题,不过为了解决这个问题,我倒有个办法。请陛下先赐给我一把小刀,我把公鸡杀了后,再均分给陛下一家六口。"

国王很想知道这个农民究竟怎样分鸡,便命令一位侍从拿来一把小刀给他。

农民用小刀把鸡头割下来，然后送到国王面前说："陛下，您是一国之首，好像一个人的头一样，所以这个鸡头应该属于您。"

农民把鸡背肉割下来，说："这个公鸡的鸡背肉分给王后，王后是国家杰出的主妇，背上负有家务重任，所以鸡背肉应该分给王后。"

农民又割下了两只鸡爪，说："把两只鸡爪给两个王子吧！两个王子是陛下的继承人，将来要踏着陛下的足迹，把国家建设得更加繁荣富强。"

最后农民割下鸡翅膀，大胆地对国王说："国王陛下，这两个鸡翅膀就分给两位公主吧！她们总有一天要嫁人远走高飞。这剩下的鸡肉嘛，就归我所有了。因为现在我是陛下的客人，陛下理应用美味来招待客人。"

国王见农民如此机智和勇敢，非常高兴，于是命侍从赐给农民许多财物。

农民得到了大量的金银财宝，向国王叩头致谢，便回到了家里。这消息像一阵风立刻传遍了每个山村。

话说在一个村子里有个非常贪财的人。这个人听到农民得到财宝的消息后，心中暗自盘算："那个农民献一只鸡就能得到那么多金银财宝，如果我把我的五只鸡全都献上去的话，我会得到更多的奖赏。"于是，他拿着五只鸡向王宫走去。

贪财人来到国王面前,什么话也没说,就把自己的五只鸡献给了国王。国王看到他的样子,就知道他是羡慕那个农民得到奖赏才来的,便不露声色地对来者说:"你献五只鸡给朕,朕很高兴。可是朕一家六口人,有朕、王后、两个王子和两个公主。你献五只鸡我们怎么分呢? 如果你能平均分配,朕就奖赏你。"

贪财人听完后,心中十分后悔:当初要是带六只鸡那就好了。现在,五只鸡,六个人分,怎么能分得均匀呢? 贪财人急得大汗淋漓,想不出什么好办法。

国王想让这个人知道先前那个农民的聪明才智,便命令侍从立即把献一只鸡的农民召进宫里来。

很快,那个农民来到了王宫。国王说:"这个人献给朕五只鸡,我一家六口人,他不会分配,你能把这五只鸡均分给我们吗?"

"是的,我能均分。一只陛下和王后拿去,一只两个王子拿去,另外一只两位公主拿去。剩下两只就送给我这个客人吧。"农民三言两语就把鸡给分完了,又说,"我现在分得非常公平。陛下、王后和一只鸡从数量上来说是三个;两位王子和一只鸡从数量上来说也是三个;两位公主和一只鸡从数量上来说也是三个;而我和两只鸡从数量上来说也是三个。这是一个最公平最合理的办法。"

国王听后心中大喜,不仅给农民许多奖赏,而且把那两只鸡也给了他。献五只鸡的贪财人什么也没得到,只好两手空空地回家去了。

勇敢的小格达

从前,在一个村庄里,有一个雕刻师和他的小孙女相依为命。小孙女名叫玛拉银,皮肤黑黑的,头发长得很长,村里人都亲昵地称她为小格达①。

小格达住的村子很缺水,村子周围一带也没有发现任何水源。虽然村里人打了不少眼水井,但不管打多深,连个水珠儿也见不到。吃水成了村里人的一大难题。

离村子不远有一座山,山脚下有一口老水井,全村的人只好到这口老水井来担水吃。因此,这口老水井成了全村人的命根子。虽说村里人都到这儿来担水吃,可从来没有一个人敢上这座山,因为所有人都认为这座山的神仙很灵,怕冲撞了山神带来不幸。全村的人,不论大人小孩都深信这口水井就是山神为他们特意造出来的。

---

① 格达:缅文意思为"头发"。

有一天,小格达顶着水罐到山脚下打水,走到老水井旁边,她发现地上长着一棵大萝卜。小格达心里乐开了花,这要是拿回家去给爷爷做菜该多好呀!于是,她放下水罐,用劲一拔,把萝卜从地里拔了出来。谁知,萝卜刚露出地面,地下的水像泉水一样咕嘟咕嘟地冒了出来。小格达见此情景高兴得从地上跳了起来。"哈!这下子俺村里可有水吃了!"可是蓦地,那只萝卜从小格达手里挣脱出去,又回到原来的地方,把水眼给堵死了。小格达正在惊疑不定时,忽然刮起一阵狂风,把小格达卷到一个山洞里。小格达睁眼一看,一个凶神恶煞的人站在她的面前,原来他就是这座山的护山恶神。

因为小格达发现了萝卜堵住泉眼的秘密,所以,这个护山恶神便把她攫来了。护山恶神说小格达发现了暗藏的水眼,扬言要惩罚小格达。小格达很害怕,请求护山恶神宽恕她的罪行,并发誓守口如瓶,决不把萝卜堵住泉眼的事告诉任何人。

护山恶神终于软了下来,便威胁说:"那好吧,这次我放了你。不过,要是你把天机泄露出去,我就用水把你淹死!"说完,他又吹起一阵狂风,把小格达送回了村子。

小格达回到村里以后,说话做事和往常一样。不料,这时全村人赖以生存的那口老水井干枯了!这可愁坏了全村人,大家都处在危难当中。小格达听说后,急得差点哭出来。她想:我何不用自己的生命来挽救全村人呢!于是她把自己的发现告诉了大家。村里人听了,高兴得连蹦带跳地跑向老水井,拔掉了萝卜,甘甜的泉水奔涌而出,人们争先恐后地舀水喝。

忽然,狂风大作,小格达又被卷到那个山洞里。护山恶神怒目圆睁,大发雷霆。他盯着小格达恶狠狠地说:"我要把你沉到水底淹死!"

小格达想到自己就要死了,心里不免一阵难过。她请求护山恶神允许自己在临死前见一见爷爷。护山恶神同意了她的请求,并要求她必须在第二天晚上到山下等死。

小格达回到家里。爷爷听了以后,安慰小格达说,一定要想尽一切办法救她脱险。

当天夜里,雕刻师吴达雅连夜赶刻小格达的像。他刻呀刻呀,到第二天天亮,刻成了小格达的像,但头发还没有刻完,只好叫小格达把头发剪下来给假的小格达安上。晚上,爷爷把全村人叫来,把小格达的像抬到了山脚下。大约过了一个时辰的光景,洪水从山上直流而下,小格达的像被淹没在滚滚洪流之中。

与此同时,小格达的头发又渐渐地长出来了,像一缕缕乌丝,闪烁着耀眼的光芒。

打那天起,全村人摆脱了缺水的灾难,过上了幸福愉快的生活。

信守诺言的年轻人

从前,在一个村子里住着一个老头儿,他有一匹毛色洁白如玉的高头大马。老头儿特别喜欢这匹马,整天看着它,生怕别人偷了去。为了这匹马,老头儿甚至连远门都不敢出。每当他看见过路的人用羡慕的眼光看着他的这匹马时,老头儿的心里呀,可真像六月里吃了西瓜,甜丝丝美滋滋的。

无论是远村的商人,还是近寨的富翁,都想买他这匹马。可是,老头儿一张口就要价三千块,说是少给一个子儿也不卖。商人和富翁虽然对这匹马垂涎三尺,但因为老头儿要价实在太高,只好怏怏而去。平心而论,虽然这匹马可以称得上是宝马良驹,但是无论如何也值不了三千块钱。但是,老头儿却偏偏说,不管你是谁,不给三千块,就甭想买走这匹马。

有一天,老头儿家里来了一个年轻人。年轻人见了老头儿,恭敬地说道:"老伯伯,我想去京城参加点灯节晚会,您的马借给我好吗?我是穷人,交不起租马钱,但是,我保证把我从京城里得到的一切东西都奉献给您。"老头儿听了年轻人的话，惊愕地瞪大了眼睛。

"老伯伯，您就借给我吧！我非常想去看看点灯节的盛会。"年轻人以诚恳的目光望着老头儿，又苦苦地哀求着。

"你骑了我的马，果真把你在京城里所得到的一切都送给我吗?"老头儿怀疑地问道。

"是的，我一定都给您，老伯伯。"年轻人发誓说。老头儿听了年轻人许下的诺言，沉思了半晌，终于把他心爱的大白马借给了年轻人。于是，年轻人高高兴兴地骑上大白马，向京城驰去。

年轻人骑呀骑呀，没几天时间便到了京城。皇帝从宫殿上看见年轻人骑来的这匹大白马，立刻起了占有之心。他派人把年轻人传到殿上问道："年轻人，你把你的大白马卖给孤王，如何?"

"假如圣上肯给三千块钱，我就卖给您。"年轻人回答说。

因为要价太高，皇帝也不肯买，便对年轻人说："那么，明天你再来一次吧!"

年轻人走了以后，皇帝绞尽脑汁，想着怎么样才能以最少的价钱买下这匹大白马。满朝的文武百官也争先恐后地给他出谋划策，但皇帝觉得都不太妥当。这时，百官中一位大臣出来启奏："万岁，依臣之见，若能使这个年轻人站在美丽的姑娘面前，然后圣上再与他谈买马之事，万岁就会如愿以偿了。"皇帝听了，以为这是上策，便依计而行。但是，第二天年轻人仍然回答说："少于三千块不卖!"皇帝听了,非常灰心丧气,只好说道:"年轻人,你明天再来一次吧!"

第三天,皇帝又按照大臣们出的主意,把年轻人叫到宫女的面前,问他这匹马要多少钱。年轻人依旧肯定地说:"不给三千块钱,我是不会卖的!"皇帝没有招了,只好又对年轻人说道:"年轻人,你明天再来一次吧!"

皇帝三番五次不能如愿,心中十分恼火。于是,他就在大臣身上泄气,把他们一个个骂得狗血喷头。大臣们没有办法,只好冒昧地说:"万岁,若能使倾国倾城的美女——您的公主出来,年轻人一定会减价出卖的!"

第四天,当年轻人看见比前几天的女子不知要美多少倍的公主的时候,便一下子被她的美貌吸引住了,目不转睛地看着公主,立刻产生爱慕之心。公主看着落落大方的年轻人也一见钟情。站在一旁的皇帝见了,心中暗自欢喜。他确信,他女儿的美貌已经把年轻人迷住了,年轻人必定会同意减价卖马。但是,他想错了!他万没有料到年轻人还是坚持说:"给三千块钱才卖!"皇帝一看,什么办法也行不通,只好认输作罢,打消了买马的念头。但是,他那美丽的公主却与年轻人一见钟情,再也分不开了。

当年轻人要动身回家的时候,公主忽然捎信来,请求年轻人把她带走。公主十分爱年轻人,临行前,她从宫里偷偷地拿来了一大包金银珠宝。

在回家的路上，年轻人和公主像一对比翼鸟在蓝天飞翔，十分快活。他们拼命赶路，足足走了一整夜。但是，他们谁也不知道累，心中有说不出的喜悦和幸福。

当天亮的时候，年轻人和公主已经来到了安全的地方。于是，他俩便在一棵大树下休息。公主坐在年轻人的身边，柔声说道："你说这匹马少于三千块钱不卖，那你是用多少钱买来的呢？"

年轻人听了公主的话，立刻想起了自己临行前许下的诺言，不觉双眉紧锁，心中十分烦闷。公主见了便问他为什么不高兴。

年轻人怕公主伤心，就把真情隐瞒起来，只说："我是一个命运最坏的人。"

公主不解其意，一再追问，年轻人才不得不向她吐露真情。公主知道后，心中十分害怕，便央求说："别把我交给老头儿好吗？我宁愿把我带的全部金银珠宝都送给老头儿。"

年轻人看着公主痛苦的样子，十分难过地说："我非常爱你。我怎么舍得把你交给老头儿呢？只是我已许下了诺言，我不能不遵守它。一个人如果食言，如果破坏信约，那将一钱不值。言必行，行必果，遵守自己的诺言，即使死了，也死得其所。"年轻人为了遵守自己的诺言，骑着马，带着公主来到了老头儿的家。但是，他的心非常难过，他十分怜爱公主，哪里舍得把她交给老头呢？

老头儿一看年轻人骑马回来了，上前便问："你给我带回了什么东西？"

年轻人颤抖着说道:"老伯伯,我给您带回了一大包金银珠宝,还有一位我心爱的姑娘。按照我临行前向您许下的诺言,我决定把这一切都统统交给您。"

老头儿听了十分得意地说:"按照你的诺言,这些东西我是理所当然应该收下了。"说完,老头儿便一把拿过那包金银珠宝。

年轻人无比深情地看了公主一眼,作为最后的留念,然后拖着沉重的脚步走了。公主泪如雨下,抽泣着留在老头儿家里。年轻人失神地走着,突然耳边传来了老头儿的叫声。他回过头来,看见老头儿正以亲切的目光望着自己。

只听老头儿说道:"年轻人,你是一个遵守诺言、守信用的好后生。所以,我打算把这包金银珠宝的一半,还有这位漂亮的姑娘还给你,作为对你高尚品德的奖励。"

年轻人和公主听了,真是喜出望外。他们拿了一半金银珠宝,对老头儿千恩万谢,高高兴兴地离开了老头儿的家。

金黄色的马

很久很久以前,在一个名叫雅塔扑拉的王国里,有一个富翁,他特别喜欢马。不论在哪里,只要他看见宝马良驹就是价钱再高也要买到手。

富翁有很多很多的马,什么白色的,棕色的,高的,矮的,大的,小的,胖的,瘦的,他样样都有。每天早晨,富翁连脸也顾不得洗,就先跑到马厩去看自己的马丢没丢。每当雨季来临,或是冬季到来,他怕马冻着,甚至还给马披上一层绒毯呢!

有一天,富翁从窗口瞥见一个少年骑着一匹金黄色的高头大马打门前经过,立刻就看中这匹马,起了占有之心。骑马的人是住在城郊的一个贫困的年轻人,名叫貌南达。貌南达的马长着一身油光发亮的金黄色的鬃毛,显得格外好看。马的鼻梁处毛色黄白相间,显得十分神气。特别是,这匹马一跑起来轻快敏捷,四蹄如飞,人们都管它叫"金色的飞马"。

富翁自从那日看到这匹马,整日里吃不好睡不宁,朝思暮想要得到这匹马。他打发一个仆人去找貌南达。

仆人来到了貌南达的家，对他说："貌南达，你把你的马卖了吧!"

貌南达听说是来买自己的马的，便立刻说道："马是我爷爷留给我的，不能卖。"

仆人只好回到家里，把貌南达的话告诉了富翁。富翁很着急，他眼前又出现了那匹金黄色的马的影子。他对仆人说道："我非把这匹马买到手不可。你去告诉貌南达，就说我出一百元买这匹马，另外，还白给他一匹马，问他卖不卖。"

仆人再次来到貌南达家里，对他说："貌南达，我家主人说给你一百元外加一匹马，这回你该卖了吧?"

貌南达十分喜爱自己的马，他对富翁的诱惑丝毫没有动心，他说："我压根儿就没有打算要卖我的这匹马!"

仆人把貌南达的话告诉了富翁，富翁仍不死心，他跺了跺脚对仆人说道："你去告诉貌南达，就说我给他一千元。"

于是，仆人第三次来到貌南达家里商量买马。貌南达对仆人说道："我爱这匹马就像爱我的弟弟一样。他知道我的声音，熟悉我的脚步声，所以，你就是给我一万元，给我一座金山，我也不卖!"

仆人听了只好又回去禀告富翁，这下可把富翁气坏了。他暴跳如雷，怒吼道："给他这么多钱还不卖，真是不识抬举。好，咱们走着瞧吧，早晚我要把这匹马弄到手。"

富翁想这匹金黄色的马想得发了疯。他茶不思饭不想，一天到晚盘算着怎么样才能把这匹马弄到手。他想呀想，突然想出来一个好主意。他打好了包头巾，戴上了假胡子，穿着一身破烂不堪的衣服，向貌南达进城必经的森林走去。他来到森林边上，躺倒在貌南达进城必走的路旁，呻吟着装作一个半路病倒的旅客。

过了一会儿，貌南达果然骑着金黄色的高头大马，沿着林间小路向城里走来。他看见路旁躺着一个衣衫褴褛的人，以为是一个出门半路上生了病的人，立刻翻身下马，拿出自己带来的水给他喝，然后把他抱到马背上。富翁一声不吭，装出一副可怜相。貌南达把他放到马背上，一手拽着马缰绳，一手扶着他骑马赶路。

走了很远一段路以后富翁才开口说："年轻人，我已经好多了，非常感谢你对我的帮助。现在你可以松开手，不用再扶我了。"

貌南达信以为真，便松开了手。但是，就在这一刹那，突然发生了意想不到的事。貌南达刚一松开手，富翁就立刻挥动拳头朝他的胸部猛打过来。一拳接一拳，富翁一直把貌南达打下马，紧接着双脚一夹马肚，口中吆喝一声"驾！"，便骑着马迅速向前奔去。

貌南达忍着疼痛从地上爬起来，使劲叫道："金黄！金黄！"聪明的马一听到貌南达的叫声，便止住了脚步转身回来。富翁使劲勒住马的缰绳不想让马往回跑，可他哪里能阻挡得了。马跑回到貌南达的身旁，貌南达仔细一看，才知道病人原来是富翁装的。

"你的心太黑了！"貌南达对富翁说，"你既有钱又有势，而我呢,是个穷光蛋,我和你无法较量。虽然这次我叫回了我的马,可下次,你一定会以更坏的主意来把我的马弄到手。"

富翁见阴谋没有得逞,便咬着牙恶狠狠地盯着貌南达。

"要是你答应我一件事,我就把这匹马给你。"貌南达一边抚摸着自己心爱的马,一边对富翁说。

富翁一听说貌南达要把马给他,连忙高兴地问道:"答应你什么事?快说!"

"你必须答应我,不能把你怎样得到这匹马的事告诉任何人!"貌南达一字一句严肃地说。

富翁听了,气得涨红了脸,大声地喊道:"为什么我不能说马是怎么得来的?"

"不能说就是不能说呀!"貌南达大声地说道,"我碰见你的时候,你是一个病倒在路旁的旅客。我喂你吃的,把你抱到马背上。你忘恩负义,把帮助你的人打到马下,抢走了马。若是世人都知道了这件事,那么就再也没有人敢帮助倒在路旁的病人了。大家都会以为倒在路旁受疾病折磨的人,都是像你这样的坏人恶棍。这样,那些真正病倒在路旁的人,那些口渴、饥饿倒在路旁的人,就会因为没有人帮助而死去,就是这个缘故我才不让你说!"貌南达一口气把要说的话全都倒了出来。

貌南达的一席话把富翁说得羞愧难言,他一句话也说不出来,脸色很难看,低头沉思着:要是我把这匹马拿走了,貌南达可就一无所有了。但是,貌南达不为自己着想,他想的是别人,处处为别人着想,这个年轻人的确是个心地善良的好青年!"是我做了坏事。"富翁惭愧地对貌南达说,"貌南达,你的马还是你自己的。你是个好心人,只有你才配拥有这匹马。我做了对不起你的事,请原谅我吧!"

棕 绳 套 圈

很早很早以前,在一个非常偏僻的小乡村里,住着兄弟三人。在这三个兄弟中,小弟弟为人忠厚老实,而两个哥哥却很狡猾、奸诈,经常欺负小弟弟。他们的父母去世以后,有一天,哥仨儿在一起商量如何分父母留下的一点儿遗产。

"我是老大,家里人口多,应该把房子分给我。"大哥说。

"我的生活负担重,家里的财物和土地都给我吧!"二哥说。

最小的弟弟听完两个哥哥的话,心想:看来两个哥哥是要欺负我一辈子了。父母在世时,有父母照顾我。现在父母去世了,本想可以依靠两个哥哥,但是他们丝毫不体贴我,把父母留下的全部遗产都分光了。小弟弟越想越难过。

"两位哥哥,给我剩下点儿什么呢?"他伤心地问道。

这时,只听大哥冷冰冰地说:"房子是我的,地和家里的财物是你二哥的,家里剩下的,你想要什么就拿什么吧!"

小弟弟垂头丧气地在房间里看了看,什么值钱的东西也没有,只在墙角里发现一卷棕绳。

"就把这卷棕绳给我吧!"小弟弟对两个哥哥说。

"好吧,你已经得到了你想要的东西了。你拿着这卷棕绳愿意到哪儿就到哪儿去吧!"

小弟弟被赶出了家门。他拿着这卷棕绳漫无目的地向前走着,心里痛苦万分。他走呀走,不久,来到了树林中的一个小湖旁。湖水碧绿、清澈。小弟弟走得疲倦不堪,便坐在湖旁一棵大树下休息。

这时,一只小松鼠趴在一根贴近水面的树枝上喝小湖里的水。小弟弟觉得小松鼠的毛非常漂亮。他抬头往树上一看,几只正在树枝上欢唱的小鸟儿的羽毛也都非常美丽,心想,如果捕捉这些小动物,把它们的皮毛拿到市场上去卖,不是可以赚大钱吗?于是,小弟弟用拿来的棕绳做成套圈,放到小松鼠喝完水要回去的树上,果然,小松鼠喝完水回到树上时被套圈套住了。

起初,小弟弟想把捉到的小松鼠杀死,可是他又很可怜它,所以,他做了一个笼子把它养了起来。然后,他又把套圈放在树下。这一次,他套住了一只小兔子。他也不忍心把小兔子杀死,把它同松鼠一起放在笼子里养着。小弟弟又重新把套圈放在树下,可是,这一次,他什么也没有套着。只见附近的动物都惊慌失措地向四面奔跑,树上的小鸟儿也似乎见到了什么,惊慌地飞走了。

小弟弟看到这种奇怪的现象,断定准是发生了什么事情。他警惕地向四周观望,果然看到一只大狗熊钻进离自己不远的一个洞里去了。小弟弟认为大概这就是小动物们害怕的原因吧。他不以为然,依旧继续观察他的套圈是否套住了什么动物。

突然,他看到离套圈不远的湖面上,漂着一根大木头,大木头旁边浪花翻腾。不一会儿,只见一个似人非人的怪物浮出水面,把一只手扶在大木头上。小弟弟是一个勇敢的人,他并没有被吓住,而是捡起了一块石头,准备抵抗。

小弟弟看到的怪物是守护小湖的妖怪的儿子。他和他的妖怪父亲无权吃湖外面的动物,但是他们可以吃掉到湖里来的人和动物。所以,妖怪父子经常诱使人们掉到湖里,然后把他们吃掉,并且把他们身上的金银首饰和财宝统统收藏起来。妖怪住在水下一个大岩洞里,他们已经有了很多财物。这一天,妖怪的儿子又想要吃人,便浮出水面侦察一下情况。

小妖怪见小弟弟坐在大树下,便问:"你为什么到我管辖的小湖来?"

"我正在用套圈套这个湖呢!要不了多久,这个湖就会被我套住的!"小弟弟紧紧握着拳头,威胁着说。

小妖怪一听,本来就很大的眼睛,这时瞪得更大了。他马上潜到水下,把小弟弟的话告诉了老妖怪。

老妖怪稍微想了一下,对小妖怪说:"说不定这个人还真有点儿能耐呢!如果我们这个湖被他套住了,那他就可以任意摆布我们了。你再到他那儿去一次,当他累了的时候,你就把他从树上推到湖里,然后由我来收拾他,快按我说的去做吧!"

小妖怪按照父亲的吩咐,来到岸上,向小弟弟挑战说:"你在没有套住我们的湖之前,我想和你比赛爬树。如果你赢了,说明你的套圈能套住湖,否则,就说明你和你的套圈都没有用。"

"那好吧。不过我现在没工夫,还是先让我最小的弟弟和你比赛吧。如果他输了,我再和你比。"小弟弟说。

"那也行,就来吧。"小妖怪表示赞同。

这时,小弟弟把松鼠从笼子里放出来,说了声:"比赛去!"只见松鼠三蹦两跳便蹿到树顶上,然后又从这棵树上跳到另一棵树上。小妖怪还差得远呢!结果,小妖怪输了。

小妖怪急忙潜入水下,把比赛结果告诉了老妖怪。老妖怪低头沉思了片刻,又想出了一个计策,就又把小妖怪派到岸上。

老妖怪觉得第一次比赛输了不要紧,他想人类不管怎样也是跑不快的。所以,这一次,他告诉小妖怪,要和小弟弟赛跑,等小弟弟跑累了,就把他捉住扔到湖里,然后把他吃掉。

小妖怪按照父亲的指点,又一次来到岸上,对小弟弟说:"第一次比赛虽然我输了,但是还应该比第二次。这一次,我想和你赛跑,假如你赢了,我就让你用套圈套住这个湖。"

"那好吧。可是,我没有时间,还是先让我的另一个小弟弟跟你比比看。如果他输了,我再和你比。"

　　小妖怪表示赞同,并做好了比赛的准备。这时,小弟弟说:"我来当裁判。"他让小妖怪准备好起跑,然后,从笼子里把小兔子放了出来。小兔子一溜烟地跑进了树林,小妖怪还未来得及跑,就已经看不见小兔子的影子了。这次比赛,小妖怪又输了。他只好垂头丧气地回到水下,把自己的失败告诉了老妖怪。

　　老妖怪听完儿子的话,眼睛一眯,又想出一个主意来。他让小妖怪和小弟弟进行摔跤比赛,心想:人和妖怪摔跤,人哪有妖怪力气大呀!这样,小妖怪就可以轻而易举地把小弟弟摔倒,然后把他扔到湖里吃掉。

　　小妖怪听了父亲的话,又来到岸上,对小弟弟说:"朋友,我父亲说不管什么比赛一般都要比三次才能决定胜负。这回是最后一次比赛,我和你决战,进行摔跤比赛。"

　　"好倒是好,可是我还是没工夫。在正前方那个山洞里,有我的一个弟弟正在那儿等我,你先同他摔一跤,等他输了,我再同你摔。"小弟弟指着前面不远的山洞说道。

　　小妖怪按照小弟弟指点的方向,走进山洞里。大狗熊见洞里来个小妖怪,就把小妖怪夹在腰间,然后狠狠地摔在地上。小妖怪痛得嗷嗷直叫,急忙跑回水底向老妖怪诉苦。

　　老妖怪大为吃惊,心想:这人真是威力无比。我的儿子连他的弟弟们都赢不了,更甭想赢他了。所以,我们不如认输为好,免得被他的套圈套住遭殃。还是把我们所有的金银财宝都献给他,求个安宁为妙。于是老妖怪让小妖怪拿着全部的金银财宝去找小弟弟。

小妖怪见到小弟弟以后，把全部的金银财宝献给了他，央求说："几次和你比赛，我都输了，再也不敢和你比赛了。你拿着这些金银财宝回去吧，可别用套圈套我们的湖了！"

小弟弟接过金银财宝，警告小妖怪说："以后你们别再吃人。如果听说你们吃了人，我就拿套圈回来套你们！"

当小弟弟回到家里的时候，两个哥哥见他扛回这么多金银财宝，急着问他是怎么弄来的。

这时，小弟弟说："就是用这条棕绳弄到的。"说着便把棕绳给了两个哥哥。

两个哥哥拿到棕绳后，顾不得细问就匆忙离家走了。他们到哪里去了呢？谁也不知道。直到今天，人们都没有见到他们回到家里来。

鹤 与 王 子

从前有一个国王,他既英明又廉政,在他的国家里,无论是什么人,甚至是飞禽走兽都能享受公平的待遇。因此,老百姓个个都爱戴他,国内呈现出一片和平昌盛的景象。

在王宫的门前,放着一面大鼓。任何人只要认为自己受到了不公平的待遇,或者遇到了什么冤屈,就可以击鼓告状,国王会立即上殿,听取告状人的申诉,做出公断。因而,人们把这面大鼓称为"正义鼓"。

国王有两个英俊的儿子,并对他们十分宠爱。在他们小时候,国王就为他们请了有名的家庭教师,教会他们许多知识以及今后如何治理国家的道理。两个王子渐渐长大成人。他们既聪明又能干,能文能武,智勇双全。他们只有一个弱点:常为自己是这样一个强大的国家的王子而感到无比骄傲,有时,甚至表现得狂妄自大,目空一切。

这一年,国王决定让王子主持宫廷政事,自己隐退到寺庙安度晚年。于是国王向全国百姓宣布,立他的长子为王,次子为相。

国王隐退的消息使老百姓深感悲伤。尽管如此,他们也非常爱戴两个王子,为他俩的非凡才智而引以为自豪。加冕典礼的前一天,举行了盛大的国宴,全国上下一片欢腾。

在新国王加冕的这天,大王子乘着彩车,带了数百名随从,巡游全城。青年王子神采奕奕、威风凛凛,穿着金丝绣花上衣,显得格外英俊潇洒。天公作美,阳光普照大地,天气温和宜人。

当彩车转弯时,太阳强烈的光芒,照得大王子眼花缭乱。骄傲的王子非常生气,他命令彩车停止前进,猛地拔出一支箭,搭在弓上,瞄准了太阳,并大声地喝道:"好一个毒辣的太阳,竟敢刺伤我的眼睛!难道你比我父王更强大吗?我要把你射下来。"

然而,正当他拉满弓,箭快离弦时,他的一个心腹跪倒在主人的脚下。

"陛下,太阳神乃是万物之主。"他禀告说,"今天,因为是陛下加冕的日子,太阳神也显得格外高兴,这就是为什么它如此明亮而耀眼的原因。太阳闪耀着光辉,是对陛下表示衷心的祝福,绝无恶意。千万别去射它,免得惹是生非。请陛下跪下,给太阳神赔礼道歉。"

大王子听了随从的忠告,深感惭愧,于是就把弓箭收了起来。他面向东方跪下来,朝太阳顶礼膜拜。随后,队伍又继续出发了。哪知,不一会儿又出现了一件麻烦事。

　　一只在空中飞翔的雄鹤,投下了一道阴影,正好笼罩着次王子乘坐的彩车,使光彩夺目的彩车顿时黯然失色。次王子见了,非常生气,他骄横地说:"在这样一个特殊的日子里,怎么能让一只普通的鹤遮住我的头顶呢?"说完他就搭上箭,嗖地一箭射中了雄鹤的胸部。雄鹤微微一颤,应声落地,倒在血泊之中。雌鹤闻声赶来,悲痛欲绝。它对次王子大发雷霆:"你平白无故地射死我的丈夫,我要到法官那里告你犯了凶杀罪。"

　　雌鹤向所有的法官进行了申诉,然而没有一个法官愿意冒天下之大不韪,得罪国王。"我们怎么能够在王子加冕的大喜日子里去打扰他呢? 再说王子不过是射死了一只鹤嘛!"法官们全都这样回答说。

　　"我要去见国王。"雌鹤猛然间闪过这样一个念头,它充满希望地说,"国王是最主持公道的了。"

　　它飞到王宫前,用尖嘴猛烈击打"正义鼓"。国王听到鼓声非常惊奇,因为已经很久没有人敲过"正义鼓"了。当国王走出王宫,看到一只雌鹤,更加惊讶。国王和蔼地问它要干什么。雌鹤向国王控告说,它的丈夫被人平白无故地射死了,要求严惩肇事者。

　　"你要求怎样惩办罪犯呢?"国王问道。

　　"我要看到罪犯和我丈夫一样倒在血泊之中。"雌鹤斩钉截铁地答道。

　　"好吧!"国王允诺说,"那么到底是谁射死了你的丈夫呢?"

"你的次子,陛下。"雌鹤直截了当地回答说。

国王的心紧缩了一下,他脸色苍白,手微微颤抖着。但是他决心信守诺言,于是毅然下命令将次子处死。大王子对这样严厉的判决感到难以接受,他惊慌失措地拜倒在父亲的脚下,苦苦哀求道:"父亲大人,孩儿也有罪。如果我没有用箭瞄准太阳,弟弟也就不会去射鹤了。我给他树立了一个坏榜样,所以,应该被处死的是我,而不是弟弟。"

"我无论如何都不能宽恕他。我亲爱的儿子,"国王满面愁容地说,"杀人必须偿命。在法律面前应该人人平等,这样才能维护法律的尊严。"

"父王,那儿臣也该被处死,因为我和弟弟一样有罪。"大王子说。

于是喜庆的日子一下子变成了举国悲伤的一天。两个王子被押到市区广场的中央。几个小时之前,人们还处于欢乐之中,现在却被忧郁和愤怒所笼罩着。而王后的心犹如乱箭穿过,都快碎了。人们看见被反绑着双手的两个王子,都在暗暗哭泣,许多人愤愤不平地说:"国王怎么能为了一只鸟儿杀死自己的亲生儿子呢?"

"国王说话是算数的。他是一个非常公正的国王,可惜他上了那只狡猾的鹤的当了。"另一些人辩解说。

"难道就没有人既能救出王子,又能维护法律的尊严吗?"人们绞尽脑汁地思索着。

百姓们逼近刽子手,恳求他们不要杀害王子。很多人甚至愿意贡献自己的金银珠宝赎买王子的命。两个刽子手无可奈何,伤心地摇着头。

"假如我们违抗命令,雌鹤就又要去击鼓告状。谁知道它又要告出什么状来? 再说,国王既然开了口,那是绝不会改口的。"刽子手们解释说。

一个旁观的人听后,非常气愤,朝刽子手的鼻子揍了一拳,鲜血从刽子手的鼻子里涌了出来,滴在跪在他面前的两个王子身上。

王子最宠爱的一个心腹,这时正站在主人的身后。当他看见王子身上的鲜血时,突然计上心来,高兴地喊了起来:"善良的人们,现在我知道该怎样解救可爱的王子啦。"骚动的人群突然安静下来。他接着说:"雌鹤要看到犯人倒在血泊之中,但它没有说过要犯人倒在自己流出的血泊之中。因此我们只要让王子静静地躺在血泊之中,大概雌鹤看了就会心满意足了。"

人群中爆发出一阵欢呼声。于是两个王子静静地躺在溅满鸡血的地上。侍卫要求众人离远一些,为的是让雌鹤能够清楚地看到血泊中的王子。

恰好在日落前,雌鹤拍打着双翼从山边飞过来。它在广场上空盘旋了两周,俯视着一动不动的王子的躯体,然后就如释重负地远走高飞,一去不复返了。

两个王子牢记在广场上度过的恐怖时刻。他们从此力戒骄傲,成为谦逊谨慎的人。他们最宠爱的心腹成了他们的主要参事。

两兄弟像父王一样英明而廉政,国家从此变得更加繁荣昌盛。

美人鱼的儿子

从前,有个叫爪亚亚基的国王统治着东当堆国,他有个儿子叫贡觉德拉。贡觉德拉成年后,国王立他为王储,准备将来把王位传给他。但贡觉德拉并不想当国王,他经常拿着弓箭钻进森林里,快乐地打发着时光。

一天,王子在森林里迷了路,不知不觉他来到了一条大河边。他又饥又渴,正准备坐下来吃饭,发现在不远的水中有一条黑色的鱼正大声地吐着水泡。他看着看着,不禁想起前人曾说过的话:在水中吐泡的黑鱼价值连城。

王子正想着,那条鱼却在水中用人的语言自言自语起来:"我这条美人鱼,在这波涛汹涌的大河中游弋了几个来回,但谁也抓不住我,与其在这里浪费时间,我还不如回家去。"

王子听到美人鱼的话,惊讶万分,他对美人鱼说:"朋友,我正在吃饭,你愿意和我一起进餐吗?"

美人鱼回答道:"恩人,感谢您能邀我一起进餐,但是我是鱼,我不能上岸和您共同进餐，如果您真心对我好，就请把食物撒到水面上吧。"

王子果真按美人鱼说的，从饭盒里拿出一些饭撒进水里。

不一会儿，美人鱼又从水里浮上来，说："恩人，您刚撒的食物都被那些饥饿的小鱼抢走了，如果您还有的话，再给我撒一点儿吧。"

这时王子已经把饭吃光了，他对美人鱼说："美人鱼朋友，饭已经被我吃光了，但我嘴里还有一口，如果你不嫌弃，我把它吐出来给你，来，张开嘴接着。"

美人鱼听了王子的话游过来，吃了王子吐给她的食物，然后他们亲密地聊起天来。

王子说："我是东当堆王国的王子贡觉德拉，现在就要回去了，回去以后我一定禀明父王，举行盛大的仪式来把你迎到我们的吉祥湖中，在那里你可以饮食无忧，我们还可以经常在一起。"

美人鱼说："好啊，我就等您来接我了，希望您能遵守诺言。"

王子回到皇宫，向国王禀明了路遇美人鱼的经过，以及想把它放养在吉祥湖的想法。国王听了以后说："孩子，这些妖魔鬼怪总是在引诱你，如果我满足了你的要求，恐怕会给我们的国家带来灾难。"为了防止再生变故，国王拒绝了王子的要求。国王根据自己的意志，为王子娶了一位公主，并立即将王位传给了王子。王子无计可施，只好接受了父王的安排。他统治着王国，日理万机，渐渐地,也就把对美人鱼许下的诺言忘到九霄云外去了。

美人鱼一直坚信王子一定会来接自己,她等啊盼啊,却始终不见王子的身影,不禁伤心万分。这时,她发现自己的身体悄悄起了变化,原来,因为吃了王子吐出来的食物,她怀孕了。

斗转星移,十个月过去了,王子依然没有来,美人鱼却生下了一对双胞胎,她给两个孩子分别取名为亚亚加和孔达。这两个儿子是人身,不能与她生活在水里,于是美人鱼就把他们放在靠岸边的一个石洞里,自己则忙着四处为孩子们搜寻适合他们吃的食物。

不知不觉,孩子们到了懂事的年龄,一天,他们问美人鱼:"妈妈,为什么我们和您长得一点儿也不一样呢?"

美人鱼回答说:"孩子们,这件事说来话长,等你们长大成人后,妈妈就告诉你们前因后果。"

转眼间,孩子们到了十六岁,美人鱼便把事情原原本本地告诉了孩子们。原来他们是东当堆国王子贡觉德拉的儿子。孩子们知道了事情的真相,向母亲请求道:"妈妈,我们已经到了自食其力的年龄,我们和您的世界不同,也不能和您生活在一起,所以我们想去找父亲,请您原谅我们吧。"

尽管美人鱼万分舍不得孩子,但她还是含着眼泪嘱咐道:"你们说得很对,但一想起要和你们分离,妈妈就很伤心,命运的安排使我们走到了今天这一步。妈妈原谅你们,但有几句话要特别叮嘱你们。你们要到人类社会中去了,和人交往要特别当心,有一些人不守信用,会用狡猾的手段引诱你们、陷害你们,你们要避开那些假仁假义的朋友而交真正的朋友。亚亚加,你作为哥哥要多照顾弟弟孔达,有吃的一定要分给弟弟一半。俗话说长兄为父,你要像对待儿女一样对待弟弟,不要听信别人的挑拨离间,兄弟俩任何时候都不要分开。遇到困难就想想我的恩情,记得父母恩情的人会平安无事的。孩子们,你们要牢记妈妈的话,妈妈的祝福无时无刻不在跟随你们,保佑你们。"美人鱼一边说着,一边泪水滚滚而下。

兄弟俩拜别母亲,翻山越岭,不久来到一个叫东宋巴的小国边境,那里有一个小村庄,村旁的一座房子里住着一位无父无母的少女。他们又饥又渴,来到少女家讨点儿饭吃。少女对他们的到来非常惊讶,当她听说了兄弟俩的身世后很同情他们,不仅给他们做了饭,还请他们和自己一起住。于是他们三人在村边开垦了一块旱地,种点儿五谷杂粮,日子过得非常快乐。渐渐地,哥哥亚亚加和少女相爱了,不久他们便结为夫妻。而弟弟孔达觉得哥哥慢慢地和自己疏远了,再也找不到以前兄弟之间亲密无间的感觉了。

这一年又赶上天灾,他们赖以为生的那块田地只收了一点点粮食,吃饭都成了问题。这时嫂子起了歹心,想把孔达从家里赶出去,她不停地在丈夫亚亚加身旁吹"枕边风",可是哥哥实在不忍心赶走弟弟孔达,只得好言相劝,安慰妻子。嫂子借口孔达不会干农活经常找碴儿,给他气受。孔达忍气吞声,每每想起母亲曾经嘱咐过的话,便提醒哥哥别忘了。但是哥哥毕竟已经成家,总是处处袒护着自己的妻子。

一天,哥哥终于决定把弟弟赶出家门。他把孔达骗到森林深处,说:"今天,我们兄弟俩来到这里捕野兽,补充一点儿我们日渐缺少的粮食。我们在野兽常出没的路上挖一个五米深的陷阱,野兽一不小心掉进去,我们就很容易捉住了。我们去挖陷阱吧。"

弟弟孔达一点儿也没有察觉到哥哥的真实意图。陷阱在一点点地加深,为了方便上下,他们用竹子搭了一个梯子。当陷阱挖到五米深的时候,亚亚加让弟弟下去试试看。当孔达下到陷阱底端的时候,亚亚加迅速将竹梯拉了上来,把孔达扔在陷阱里,自己回家去了。

起初,孔达以为哥哥是在跟自己开玩笑,在陷阱下等了很长时间,他一遍又一遍地喊着:"哥哥呀,哥哥,来救我。"却根本不见哥哥的踪影,他只好自己想办法救自己。可是,毕竟是五米深的陷阱,他折腾了一天一夜,也没能从陷阱里出来。

太阳升起来了,新的一天又开始了,孔达在陷阱里不禁想起了临别时母亲的叮嘱:"时刻想着父母恩情的人会平安无事的。"他向着母亲所在的方向叩头说:"恩重如山的母亲呀,儿在这遥远的地方给您叩头了。因为哥哥起了坏心,我现在遇到了麻烦。母亲救我呀。"他刚叩完头,就刮起了一阵狂风,狂风吹倒了陷阱旁边的一丛竹子,竹梢正好落到陷阱里,孔达便顺着竹子慢慢地爬到了地面上。他高兴万分,心想:我今天之所以得救,全是因为我记得母亲的恩情。他沿着来时的路又回到了哥哥家里。

嫂子见孔达回到家里,又开始对亚亚加嘟囔个不停。亚亚加将妻子叫到一边,小声地安慰妻子说:"关于弟弟的事,你就别再说了,明天我把他骗到别的地方,顺了你的心愿就是了。"然后他又对弟弟说:"我昨天因为突然有一件特别紧急的事,所以先回家了。今天一大早我就想去救你,但突然刮起了大风没去成,现在看到你平安回来我真高兴。"

第二天早晨,亚亚加对孔达说:"弟弟呀,今天我们还要出去找吃的,带上干粮我们就出发吧。"兄弟俩跋山涉水,来到一片茂密的桐油树林,林中有一棵直径约四米粗的大桐油树,在最高的树梢上架着一个很大的鸟窝。亚亚加说:"我们上去把鸟蛋掏下来,可是这棵树太高,我们先往树上钉一些楔子,然后踩着这些楔子往上爬。"兄弟俩说干就干,不一会儿,就钉好了一排楔子。然后他们小心翼翼地往上爬,爬到鸟窝旁,往里一看,里面有两只很大的鸟蛋。这时亚亚加想出了一个馊主意,他对孔达说:"弟弟,我们如果这样带着两只鸟蛋爬下去很不容易,不如你先在这儿等着,我去找个篮子和一些绳子,你把鸟蛋放在篮子里,用绳子顺到下面去。"说着他就先下了树,为了断绝弟弟下树的路,亚亚加把刚才钉好的楔子全部拔下来扔掉了。

起初孔达根本没有发觉哥哥的图谋,他照哥哥说的在鸟窝旁等着,等哥哥快到地面的时候,他无意中往下一看,不禁大吃一惊,发现哥哥已经把楔子全拔掉了。他大声朝哥哥喊道:"哥哥,你为什么把楔子全拔掉了,你让我怎么下去啊?"但哥哥什么也没有说,下到地面,就沿着原路回家去了。孔达在树上望着哥哥一步一步远去的背影,不禁放声大哭:"哥哥,你怎么把我扔下了?你还记得妈妈曾嘱咐过的话吗?你不心疼我吗?我们兄弟就这样分开了吗?现在我也下不去了,难道你让我在树上饿死,或是掉下去摔死吗?"

孔达正在树上哭着,突然传来雷鸣般的声响,原来是鸟窝的主人大鸟回来了。大鸟的身体有公牛般大小,有着圆圆的大眼睛、弯弯的嘴巴和铁钩般的利爪。见到孔达,它竟用人的语言说道:"你为什么跑到我的窝旁来骚扰我的孩子呢?你不怕我啄死你吗?现在我要把你当作早饭美餐一顿了。"

看到这只大鸟,孔达非常害怕,硬挺着才没从树上摔下去,他心想:就算现在不掉下去摔死,也会被这只大鸟啄死。他不禁又想起了临别时母亲的嘱咐,便一边给母亲磕头,一边说:"母亲啊,儿现在有生命危险,您恩重如山,儿最后一次给您磕头了。"

大鸟看到孔达的所作所为,心里非常感动,便用温柔的声音对孔达说:"可怜的人,你告诉我,你为什么要到我的窝边来呢?"孔达便把前因后果说了一遍。大鸟听了以后,非常吃惊:"可怜的孩子,照你的话说,你是我的朋友美人鱼的儿子啊!我和你的母亲一

样会说人类的语言,很久以前我们就成了好朋友。算你运气好,如果我不知道你的情况,今天你就成了我腹中的美食了。现在你不用担心,我给你一个任务,这两枚蛋就要孵化出来了,小鸟们出世后,我得去给它们觅食,我不在的时候,你就守着鸟窝看护这些孩子吧。但是我的丈夫马上就要回来了,我要跟它商量一下。它有点儿粗鲁,乍一看到你在我们的窝旁,肯定会攻击你的,所以你先到我的翅膀下躲一会儿。"

孔达刚一躲到大鸟的翅膀下,就听到雄鸟声音洪亮地叫着回来了。它一停稳,就皱起鼻子闻了闻,然后对雌鸟说:"夫人,这里怎么会有人的味道呢? 好像有人到过我们的窝边,现在我们就把他找出来当作美餐。"雌鸟掩饰说:"郎君,这么高的大树,人怎么能够爬得上来呢? 这个气味肯定是我们窝里就要孵化的蛋发出的。看看我们窝里的小宝贝,它们多么可爱啊!"

"是的,多可爱啊!"雄鸟也由衷地感到欣慰。

接着,雌鸟又问:"郎君,在这个世界上你最爱谁?"

"在这个世界上我最爱的就是你啊,此外,还有我们的骨肉——这两个即将出世的小宝贝。"

"是啊,我们的小宝贝这么可爱,不久它们就要破壳而出了。但是它们那么弱小,羽毛也不丰满,它们会面临许多危险的。因此,它们需要日夜不停地照料。为了糊口,我们俩得早出晚归外出觅食,不能守护着它们,把它们留在家里我实在很担心,我们找个

084

人专门守护着它们,不好吗?"

"如果能照你说的那样做当然好了,可是到哪儿去找一个能让我们放心的人呢?"

"这你不用担心,你还记得我们的老朋友美人鱼吗?为了照料小宝贝,我把美人鱼的儿子喊来了,你看。"说着,它把藏在翅膀下的孔达亮了出来。

雄鸟问了一下孔达的情况,感到非常满意,从此,就让孔达也住在它们的窝里,它们像对待自己的孩子一样对待孔达。孔达每天悉心照料着两枚鸟蛋,不久,两个毛茸茸的小宝贝破壳而出了,大鸟夫妇非常感激孔达,也尽量满足他的要求。

不久,两只小鸟慢慢长大,羽毛丰满了,翅膀硬了,身体也逐渐变得像父母一样庞大健壮,它们和孔达亲密无间。刚学会飞翔时,它们兴奋不已,从一棵树上跳到另一棵树上,有时它们也让孔达坐在自己的背上,把他驮到地面上去。

两只小鸟成年以后,一天,大鸟夫妇对孔达说:"孩子,我的两个小宝贝在你的照料下都已成年了,你也完成任务了,按我们鸟类的习性,小鸟长大后我们就要另外找一个合适的地方,所以我们和你就要分开了。如果你想在这片林子里开垦一片土地,过你们人类的正常生活,我们会帮助你的。以后到孵卵的季节,我们还会回到这里来的。"

大鸟夫妇到附近人类居住的村庄,为孔达衔来了稻种和蔬菜种子,在森林里给他开垦了一大块旱地。大鸟夫妇力大过人,它们帮忙拔除杂草和灌木、烧荒、播种,还为孔达在大树的枝丫间建了一个栖身之所,又为他弄来人类需要的各种农具、锅碗瓢盆等,一直把孔达的一切都安排妥当以后,才和孔达告别,带着两个儿女另觅栖息之地去了。

从此,孔达悠然自得地过着日子,他的庄稼和瓜果蔬菜也获得了丰收。大鸟夫妇不时地来看望他,到稻谷收割的季节还来为他建粮仓,而到了鸟儿们产卵的季节,大鸟夫妇也回到原来的窝里产卵孵化,孔达就帮忙照料。这样又过了两三年,孔达积聚了很多稻谷和瓜果。这时,孔达想:从前我是个穷人,现在我也有了一些积蓄,我很同情那些穷苦人,如果有可能,我要把自己的粮食分给他们。

话说孔达的哥哥亚亚加居住的东宋巴国由于气候反常,庄稼颗粒无收,发生了饥荒,人们用碎米煮点儿稀粥勉强度日,许多家禽和家畜被饿死。亚亚加养的一条狗为了活命,四处觅食,这天恰巧来到了孔达居住的地方,狗见到孔达后高兴地摇着尾巴直奔孔达而去。孔达仔细端详了一下,发现它就是哥哥家养的那条狗,不禁万分高兴。他试着叫狗以前的名字,狗也兴奋地在他身边蹭来蹭去。看着这只被饿得瘦骨嶙峋的狗非常可怜,孔达就让它饱饱地吃了一顿。狗吃饱以后就回到自己的主人那里去了,亚亚加看到狗吃得饱饱的,感到很奇怪,心想:我们都吃不饱,这只狗在哪里找到食物了呢？它好像到过一个很富庶的地方。

第二天早晨,狗又去了孔达那里,吃饱后又回到自己的家。亚亚加看了以后,更加坚定了自己的想法。第三天,他悄悄地跟在狗的后面,到了孔达的田地边。他累得气喘吁吁,就坐在田埂上休息。这时,孔达拿着两片竹板到田里来驱赶那些破坏庄稼的野兽,一边走,一边敲,竹板发出响亮的吧——吧——吧的声音,正坐着休息的亚亚加听到这个声音,大惊失色,因为这个声音和自己小时候母亲招呼自己和弟弟吃饭时发出的声音非常相似。缅甸有句俗语叫"遇到困难才想起母亲"。这时的亚亚加想起了母亲临别时的嘱咐,又想起自己的所作所为,后悔不迭,他向着母亲所在的方向一边磕头一边说:"母亲啊,我现在听到的这个声音,多么像以前您给我们喂食时呼唤我们的声音啊,我不听母亲的话,现在遇到了很大麻烦,我因为听从蠢婆娘的主意而将我的手足兄弟赶到了这片荒林中,我真是大错特错啊。作为对我做错事的惩罚,现在就让我死了吧。母亲恩重如山,我就在这里和母亲叩别了。"

他的哭声恰巧被路经此地的孔达听到,孔达暗自纳闷:"谁会在我的田边哭呢?"他想探个究竟,便躲在一丛灌木的后面,没想到哭的人竟是自己的哥哥亚亚加,听着哥哥忏悔的告白,他再也忍不住自己的眼泪,一边哭,一边来到哥哥的身旁。

亚亚加看到弟弟突然来到自己的身边,吓得转身就要跑;弟弟紧紧地抱住他的腿,使他动弹不得。亚亚加呆呆地望着自己的弟弟,因为他本来以为被自己抛弃的弟弟已经死了,没想到弟弟现在突然出现在自己的面前,这使他又惊又怕。只听弟弟说:"哥哥,你感到意外吗? 我因为记着母亲的恩情才没有死。哥哥你也不用为过去的事情而难过,看你已经意识到自己的错误,我也很高兴。现在我们兄弟俩又见面了,你应该高兴才对呀!"然后,他又问哥哥怎么会跑到自己的田边来。哥哥看到弟弟并没有责怪他的意思,反而很关心他,十分感动,便把自己遇到饥荒以及跟着狗跑到这里来的情况告诉了弟弟。孔达安慰他说:"为了报答哥哥的恩情,我积存了很多粮食,以后你再也不用担心会挨饿了。"

孔达把哥哥领到家里,让他饱餐了一顿,又把自己被哥哥抛弃后发生的事情详细地告诉了亚亚加,然后又说道:"哥哥,你以后再也不用为粮食发愁了,你需要多少就尽管拿吧。明天你把嫂子也喊来一起运粮食吧。"

"亲爱的弟弟,看到你这么重感情,我不知道有多么高兴,我现在也很后悔以前的所作所为,所以我再也不想回到那个恶婆娘那里去了,就让我和弟弟一起同甘苦、共患难吧。"

"哥哥,你不应该对嫂子怀恨在心,嫂子以前对我们还是有恩情的,是她最先收留了我们,看在这份恩情上,你也应该回去和她一起生活。"

"弟弟,你真是个知恩图报的人,我就依了你的意思吧。"说完,亚亚加接过孔达送给他的粮食和许多其他食物,沿着原路回家去了。

回到家,妻子看到丈夫背了这么多的东西,惊叹不已,亚亚加便把发生的一切原原本本地告诉了她。妻子听了后,说:"如果你说的是真的,我倒想见见这个懂事的弟弟,毕竟我们好长时间没见面了,还真有点想他呢。"

第二天,亚亚加照弟弟说的,和妻子一起拿上家里的筐子、篮子,又到弟弟的家里拿回了许多粮食。就这样,他们夫妻俩每天都去背一些回来,很快他们家就积存了一大批粮食。这时他们居住的东宋巴国因发生饥荒,米价像金银一样贵,亚亚加和妻子抓住机会,囤积居奇,将从弟弟那里背来的粮食卖了出去,发了一笔横财,过起了富翁的生活。

这时,哥哥想把在荒林中辛苦劳作的弟弟接回来一起居住,弟弟却说:"我还不能和你回去,现在除了要收割稻谷外,为了多积存些粮食,我还想再开垦一块田地。你如果愿意的话,可以来帮忙。"在哥哥及其奴仆们的帮助下,孔达又开垦了很大一片田地。到第二年收割时,获得了大丰收。孔达认为自己是托了母亲的福才发达起来的,为了纪念母亲,他和哥哥商量建一座可供路人休息的凉亭。哥哥很赞同弟弟的主意,在大路口买了一块好地,建起一座美观实用的凉亭,亭下还为母亲立了一尊精美的美人鱼塑像。

一天,从亚亚加和孔达的父亲贡觉德拉统治的东当堆国来了一队商人,他们中途休息的时候看见这座漂亮的凉亭和美人鱼的塑像,赞叹不已。孔达来到凉亭和大家打招呼,商人们问起了这凉亭及塑像的来历,孔达回答说是为了纪念自己的恩人也是自己的母亲而建的,然后他又热情地款待这些商人。从此,他们成了好朋友。从商人们口中,孔达得知这些商人居住的国家正是自己的父亲贡觉德拉统治的东当堆国,于是他决定跟随这些商人前去寻找父亲。孔达对商人们说他想和他们一起去玩,商人们很高兴,愿意为孔达提供方便。孔达和商人们说好之后,就回家向哥哥辞别,哥哥说由于自己手头事情很多,不能一起跟着去,弟弟就跟随商人们走了。

不久,孔达和商人们来到了父王统治的东当堆国,他想:现在立刻就前去认父的话,由于从未谋面父亲恐怕会起疑心,触犯龙颜麻烦就大了。于是,他决定先暗自察看父亲的态度,等时机成熟了再认父也不迟。打定主意之后,在那些商人朋友的帮助下,孔达进了和父亲关系非常好的一位大臣家里当差。孔达非常珍惜这个机会,他干得很卖力,不久就得到了这位大臣的赏识,把他提升为自己的贴身随从,成了一名得力助手。大臣长期观察孔达的思想行为,感觉他一定不是寻常人家出身的孩子,便询问他的身世,孔达便将自己的身世原原本本地告诉了这位大臣。大臣听了孔达的话,万分惊讶,问:"你说的话都是真的吗?"

孔达说:"主人,我说的都是真的,为了感念母亲的恩情,我们建造了一座精美的凉亭,还为她塑了像,贵国的商人们都见到了,不信的话,您可以去找他们印证。"

"噢,这么说,你的话是真的了? 因为我们的国王陛下在他还是王子的时候曾经四处巡游。我听说,他曾经遇到过一条会说话的美人鱼。回来后,王子想把那条美人鱼接来,放在吉祥湖里养着,但是那时还是他的父王当政,没有同意他的请求。你说的情况正好和我所了解的相吻合,我要把这一情况禀明国王陛下。但如果这样唐突地直接说,万一陛下不信就麻烦了,我们先看看陛下的态度再做决定。陛下现在后继无嗣,如果国王接受你的话,你以后就是王储了,你飞黄腾达后可别忘了我呀。"

"好吧,主人,您见机行事吧。"

这位大臣和国王的关系非常好,他学识渊博,特别擅长讲故事,是一个专门为国王讲故事的大臣。一天,大臣又有机会给国王讲故事,他趁机说:"陛下,今天臣要给您讲一个特别的故事,它是所有故事中最值得记住的故事,请您一口气把这个故事听完。"接着他就把孔达的身世冠以"美人鱼的儿子"为题,开始讲述。他从王子出游讲起,一直到孔达悄悄到自己家当差为止,讲得声情并茂、绘声绘色。

一直在听故事的国王被感动得几乎掉下眼泪,说:"爱卿,这个故事太精彩了。"这时,国王想起这个故事跟自己以前的遭遇很相似,于是又对大臣说:"爱卿,你讲的这个故事和我从前出游时遇到的美人鱼很相似,我很激动,我希望它就是我的故事,这个故事好像是真的。爱卿,你好像见过这个故事里的当事人,你快把真相说给我听。"

大臣看时机差不多了,就把孔达正住在自己家里的情况禀明了国王。国王给了这位大臣很多赏赐,然后立刻把孔达召到御殿前。尽管父子俩从未谋面,但毕竟血浓于水,一见到孔达,国王立刻认出这是自己的亲生儿子,父爱之情自然而然地流露出来。国王在众大臣面前询问起孔达的遭遇,孔达如实地一一回答。众大臣听得感动不已,潸然泪下。

然后国王立刻召开御前会议,说:"众爱卿,今天你们也听到了我的离奇的故事,我继位多年,但一直没有后嗣来继承王位。每想到此,我就很伤感,现在上天给我送来了亲生儿子,我真是太高兴了,太激动了。现在,在众爱卿面前,我宣布我的儿子孔达将是王位继承人,大家说,好吗?"

众大臣一致附和:"国王英明,国王英明。"

孔达却说:"父王,你想安慰我、补偿我,我很高兴,可是我年纪尚小,您还是把王位传给我的哥哥亚亚加吧。我只要能随时在父王身边就心满意足了。"

贡觉德拉听了小儿子的回答,非常满意,说:"你真是个心地善良的孩子,对于曾经虐待你的兄长竟然一点儿也不怨恨,还为他的前途着想。虽然你的话有一定道理,但作为一国之君不仅要忠诚、正义,还要有一颗善良的心,治理国家责任重大,必须有一定的道德水准。照你刚才所说,你的哥哥因为听了恶婆娘的话,连自己的亲生弟弟都虐待,说明他是一个不忠不义的人,如果把这样的人推上王位,以后只怕会虐待臣民。所以,我不会让他当王储,以后我会封他个食邑。现在就让你当王储了,你就别违抗旨意了。"

随后,贡觉德拉又把大儿子亚亚加找来封他做某个城的食邑,父子三人幸福地生活在一起。

一天,孔达对国王说:"父王,我们因父王的恩情而过上了富贵的生活,现在到了报答母亲养育之恩的时候了,我想把母亲接来,放在吉祥湖里奉养她。"

国王听了儿子的话,感动地说:"你说得很有道理,当年我也曾这样许诺过你们的母亲,但是我没有遵守诺言,现在你这个愿望也让我重新实践诺言,所以,现在就隆重地迎接你们的母亲去吧。"

孔达和哥哥亚亚加带着众多的奴仆前去迎接母亲美人鱼,他们到了当年的出生地,位于河岸边的石洞里,呼唤着母亲:"母亲,我们来报答您的养育之恩了,快到我们这里来吧。"他们一遍又一遍地呼喊着,却始终不见母亲的身影。原来,就在不久前,美人鱼因受不了与儿子们的分离之苦,忧郁而死。

兄弟俩迟迟不见母亲的身影,以为母亲一定是遇到了什么危险,于是他们在石洞附近仔细寻找,最后在从前母亲给他们喂食的水边找到了母亲的遗骸。两位王子禁不住号啕大哭:"小时候,就是在这里,母亲给我们喂食,教我们游泳,和我们嬉戏,给我们讲做人的道理,唱着催眠曲哄我们入睡……唉,母亲的恩情真是说也说不完,我们实践自己的诺言,今天来报答母亲的养育之恩,可是您命不好,享不到儿孙福了,您真是太可怜了。"他们的哭声如此悲恸,连跟来的随从也都感动得泪如雨下。

兄弟俩收拾起母亲的遗骸回到都城,将情况一一禀告父王,请求父王为母亲用纯金塑一座像,并举办七天的"收遗骸"布施会①。国王看到两位王子如此孝顺,自然答应了他们的请求。他们隆重地安葬了母亲,一直供奉着母亲的塑像。

当国王老了的时候,他把王位传给了孔达,孔达成为东当堆国的新主人,因为他的忠诚、正义、善良,东当堆国的臣民们一直过着幸福美满的生活。

---

① 布施会:直到现在,一些农村的克伦人在埋葬父母三年之后,还有举行隆重的布施会、歌舞盛会等纪念父母亡灵的习俗。

鹦 鹉 王 子

很久很久以前,有一位国王和王后,他们只生了一个王子。王子既聪明又英俊,且性情开朗、落落大方,谁见了他都会喜爱。大家一致认为,王子将来一定是个好君主。

有一天,王子正在林中打猎,不幸踩到了一条毒蛇,毒蛇转头咬了他的踝部。蛇的毒汁顺着血液很快流遍王子的全身,王子即刻倒地而死。可怜的王后哭得像泪人似的,她不让把心爱的儿子埋葬在土里,也不准火化。她命令仆人用檀香木做成一个木筏,给王子穿上最华丽的服装,然后用绸布将尸体包裹好,放在那个特制的木筏上。木筏在河里随波漂流而下,王后依依不舍地凝视着木筏,直到一股激流将木筏冲出她的视野。王后心中希望的曙光消失了,她目光呆滞地回到卧室里,从此闭门不出,拒绝会客,与世隔绝了。

木筏沿河漂流直下,绕过山谷漂进了一座黑暗的森林。在这座森林里,住着一个魔法师和他三个美丽的女儿。每天,姑娘们都要到河边去提水或洗衣裳。王子的木筏漂来的那一刻,姑娘们正在河边洗衣裳。大女儿首先看见一个木筏在河中时隐时现。

"看呀,你们快看呀!那个木筏上有一个人躺着呢!会是谁呢?咱们应该搭救他。"大女儿叫喊道。

二女儿熟知水性。她跃入水中,游近木筏,用手推着木筏慢慢地向岸边游过来。三姐妹齐心协力抬起尸体,小心翼翼地放在岸上。接着,姐妹们解开裹尸布,看到王子苍白的脸。

"他死了吗?"大女儿和二女儿问妹妹,因为她懂得医术。

三女儿细心检查了尸体,发现王子是被毒蛇咬死的。"他还没死,姐姐。"她说,"我把毒汁吸出来,他马上就会痊愈的。"

三姐妹从树林里采集了一些草药,捣成糊状,然后敷在王子踝部的伤口上。药汁把王子身上的毒汁全吸了出来,红肿慢慢地消退了。不久,王子睁开迷茫的双眼,坐了起来。

姑娘们告诉他出了什么事,他现在在哪儿。自然,王子非常感激她们的救命之恩。他千谢万谢之后,问姐妹们需要他做些什么事情。王子是如此英俊潇洒,以至于三姐妹全都为之倾倒。

"娶我们中间的一个做你的妻子吧。"她们齐声说道。

"但是,我应该娶谁为妻呢?"王子问。

"当然应该娶我。"大姐抢先说道,"首先,我是大姐。其次,是我最先发现木筏的。如果我没有看见它,你早就漂入大海了。"

二姐连忙说:"你忘了,是我把木筏推上岸的,没有我的帮助,王子同样要漂入大海的。"

"是我医治好了他的伤,没有我的药,王子肯定要死的。他应该娶我,因为我给了他第二次生命。"最小的妹妹据理力争。

姑娘们激烈地争吵起来,各自坚持要嫁给王子。她们争论得不可开交,没有发现魔法师父亲已经来到跟前。因为姑娘们迟迟不回家,父亲放心不下,特意来找她们。父亲躲在树后,偷听女儿们的争论,看到三个女儿面红耳赤地吵着,他感到很不安,心想:我们家一向和睦相处,互相体贴,绝不能让这个年轻的陌生人搅乱了我们家的安宁。

于是,魔法师悄悄地从树丛后面走出来,将手指着王子的肩膀,念了一句咒语,王子立刻变成了一只美丽的鹦鹉。接着,魔法师父亲又从自己身上拔了一根胡须,系在鹦鹉的腿上。只有当这根胡须断了时,王子才能重新变成人。他把鸟儿抛到空中,鹦鹉王子便从树林上空飞走了。

三姐妹失去心爱的王子,便号啕大哭起来。但是事情已经无法挽回了,王子已展翅高飞,再也不会回来了。鹦鹉王子在蔚蓝的天空中飞了整整一天,他想返回自己的家乡,然而不知道路。最后,他实在是太疲乏了,想找一个地方休息一下。这时,他看见一座美丽的花园,那里绿树成荫,百花争艳,喷泉四射,犹如仙境一般。鹦鹉王子滑翔而下,栖息在一棵果树的枝头,他肚子饿得发慌,吃了一些水果,然后便昏然入睡。

　　鹦鹉王子栖息的花园，是一个国王的御花园。这个国王有一个漂亮的女儿，名叫贾丝敏。每天傍晚，公主都要在朋友的陪伴下到花园里散步、乘凉或观花赏月。今天，贾丝敏公主刚到花园，就被树上美丽的鹦鹉吸引住了，她很想把鹦鹉捉来玩赏。

　　"哟，快给我抓住它。"她激动地对卫士说，"我从来没有看见过这么好看的鸟儿，看它的羽毛多美丽呀！"

　　经过长途飞行之后，鹦鹉王子已经筋疲力尽，再没有力量展翅飞翔了，因此他很快就被卫士捉住交给了公主。贾丝敏公主对鹦鹉王子爱不释手，从此成天与鹦鹉王子形影不离。她把鸟儿关在金笼子里，喂它最好的食物。为了把它装扮得更漂亮，公主在它的一只脚上套了一个镶着钻石的镯子，镯子上系了一条又细又长的金链。她时常带着它到花园里，一只手握住金链的一头，让鹦鹉王子在她头顶上兜圈子飞。

　　在他们相处的日子里，鹦鹉王子深深地爱着公主，但他不愿做一个失去自由的笼中囚徒，他渴望自由，憧憬着能自由自在地在空中翱翔。一天，公主放鸟儿出笼，忘了系上金链子，窗门正敞开着，鹦鹉王子就猛地从公主手中挣脱开来，朝窗口飞去。

　　"别走！"公主惊慌地喊道。她伸出一只手，试图抓住鹦鹉的脚，可她没抓住，但是她那细长的指甲啪的一声扯断了拴在鹦鹉脚上的魔法师的那根胡须。可怜的王子踉跄摔出窗外，现出人形，一只脚上仍然套着钻石镯子。

宫廷侍卫看见有人跌出窗外,误认为王子是个小偷,立即发出警报。柔软的草地救了王子的一条命,他从草地上站起来,飞奔而去。在侍卫赶到之前,他已冲出宫门,躲了起来。侍卫四处搜寻,仍无法找到他的踪迹,只得垂头丧气地回了宫。

当黑夜来临时,王子悄悄爬出藏身的地方。他在王宫附近找到一条通向树林的小路,一直沿着这条小路往前走,终于看见了一座小村舍。他观察了四周没有什么动静,就上前敲门。

这是一个老伐木人的家,伐木人和他的老伴住在这里。王子请求他们收留他过夜,好心的夫妇答应了。王子为了避嫌,告诉他们,他是外国来的旅行者,在森林中迷了路。

老夫妇没有儿女,平常感到十分寂寞和孤独,见到英俊的王子便生出疼爱之心。老人挽留王子在他们这里多住一段时间,王子答应了。

宫中,贾丝敏公主为失去美丽的鹦鹉一直悲伤,她没有看见王子现出原形,以为它早已远走高飞。国王想方设法安抚女儿,为公主买来各种各样漂亮的鹦鹉,然而公主毫无兴趣,连看都不看上一眼。

后来国王吩咐传令兵,向全国所有臣民宣布,公主失去了一只可爱的鹦鹉。它的腿上套着一个钻石镯子,谁能找回这只鹦鹉,必有重赏。反之,若有知情不报者,格杀勿论。

许多人被重赏所吸引,纷纷带着鹦鹉前来碰运气,他们带来的鹦鹉当中没有一只是公主失去的爱鸟，因而统统被赶出宫外。

不久，消息传到了林中伐木人的家。

一天，一个英俊的年轻人只身来到宫门口，说他要拜见公主，有要事禀告。此时公主正待在花园里，她那可爱的脸庞笼罩着一片愁云。当年轻小伙子走进花园献上信物时，公主的脸上露出了笑容，因为那信物就是钻石镯子。

"这是我心爱的鹦鹉的钻石镯子。"公主急忙问道，"我的鸟儿在哪里？你带来了吗？"

"殿下，"年轻人答道，"我遗憾地告诉您，您的鹦鹉已经不在人间了。"

公主脸上的笑容顿时消失了。

"你是说，它已经死啦？"她惊叫起来，眼泪从面颊上直淌下来。

"殿下，切莫过于悲伤。"年轻人说，"您的鹦鹉并非死去。请让我细细地说来。"

于是王子将整个事情的来龙去脉，一五一十地向公主诉说了一遍。从毒蛇咬了他的踝部说起，一直讲到公主扯断了那根魔法师的胡须，使他现出人形为止。

"亲爱的贾丝敏公主，作为一只鹦鹉我曾经热爱着您，而作为一个人，我就更加爱恋着您了。这就是我今天前来求见的真正目的。亲爱的公主，不要难过了，如果您也爱我，就让我们幸福地生

活在一起吧!"

公主破涕为笑,羞涩地低下了头。

国王听了王子的身世和遭遇,心花怒放。他认识王子的父母,答应日后将他护送回国。在他回国之前,王子和贾丝敏公主举行了盛大的婚礼,然后双双高兴地回国省亲。

金　鹿

很久以前,在一座大森林里,有一头金鹿。它是万兽之王,因为它有一种非凡的魔力:只要用金蹄在地上敲击,每敲一次,就有一个金币出现。

一天,贪婪的国王打听到这个消息,欣喜若狂。他对金鹿垂涎三尺,便命令他的部下到森林里捕捉金鹿。国王的部下在森林里四处搜索着,好几次他们已经发现了金鹿,可是由于金鹿惧怕他们,早就一溜烟地逃走了。

金鹿在逃跑的路上,遇到了一个牧人。金鹿恳求道:"牧人,国王的部下正在追捕我,如果他们来到这里,请不要告诉他们你看见过我。"

"金鹿朋友,"善良的牧人回答道,"这里地下有一个大洞,你赶紧躲到里面去,这样你就安全了。"牧人打开洞门,金鹿迅速钻进去,藏了起来。

不一会儿,国王的仆从赶到了,他们对牧人大声喝道:"喂,你有没有看见一头金鹿从这儿经过？"

"噢，有呀。"牧人从容不迫地答道，"就在你们到来之前，我看见它跑进森林里去了。"

国王的仆从信以为真，连忙向森林里追去。

稍过片刻，牧人打开洞门，朝里面喊了一声："金鹿朋友，现在你可以出来了。国王的仆从已经钻进森林里去了，你已经没有危险了，可以放心地走啦。"

"好心的牧人，你的救命之恩我永世不忘。"金鹿感激地说，"将来如果你遇到什么困难，我一定会尽力帮助你的。现在我赠给你一些金币，以报答你的仁慈。"说完金鹿用蹄子在地上敲了几下，一堆金币立刻出现在牧人面前。

这时，国王的部下从森林里转了回来，他们发现了地上的一堆金币，知道牧人欺骗了他们，就立刻把他带去见国王。

国王见到牧人，厉声对他说道："我的部下向我禀报说，你知道金鹿藏在哪里。你必须在七天之内交出金鹿，把它带来见我，否则，我就要你的小命。"

牧人怎敢违抗王命？他面带愁容，拖着沉重的步履离开了王宫，到森林里去寻找金鹿。牧人找遍了整个山林，连金鹿的影子也没有见到。最后他来到一条小河边，河中有一条大蟒蛇拦住了他的去路。

"牧人，"蟒蛇说道，"你来这里干什么？"

"我是奉国王之命来寻找金鹿的。"牧人如实地回答说,"蟒蛇,你别害怕,我是不会伤害你的。"

"牧人,"蟒蛇温顺地对他说,"金鹿是我们的万兽之王。既然国王差人召见它,想必是事出有因。我有一条小船,你可以乘船渡河。"

牧人向蟒蛇道过谢,便划船渡过了河。在河的彼岸,他遇见了一只老虎。

"牧人,"老虎问道:"你到这里来干什么呀?"

"我是奉国王之命来请金鹿的。"牧人解释道,"老虎,我是不会害你的。"

"牧人,"老虎热情地说,"我是万兽之王的保镖,我带你去见兽王。"

于是老虎带着牧人去见金鹿。金鹿见到牧人,非常高兴,问他来找自己有何事。

牧人忧心忡忡地说:"国王命令我七天之内必须带着你去见他,不然就要把我处死。"

"我的好朋友,你救了我的命,"金鹿说,"现在该轮到我来救你了。让我们马上就去见国王吧。"

于是金鹿、老虎和牧人一同来到河边。他们把老虎留下,金鹿和牧人又一起乘上小船,渡过了河,然后把小船还给蟒蛇,他们便匆匆赶到王宫。

在宫中,国王兴高采烈地接待了他们。然后国王迫不及待地对金鹿说:"金鹿,听说你用蹄子敲打一次地面,就会出现一枚金币。如果确有此事,就请你为我敲打出许多许多的金币吧!"

"好的,陛下,"金鹿满口答应,"但是你得保证,不许命令我停下来。"

国王贪婪成性,便不假思索地说:"即使金币堆成了山,我也绝不会叫你停下来的。"

接着,金鹿要国王当面发誓,要是国王命令它停止敲打地面,那么所有的金币就会立刻变成泥土。达成协议后,金鹿便开始敲击地面。它用蹄子不停地敲呀,敲呀,金币一枚接着一枚落在了国王的脚下。一会儿工夫,已堆积了一大堆金币,然而金鹿依然不停地敲着地面。金币越堆越高,最后几乎把国王掩埋了。财迷心窍的国王这时才惊慌害怕起来。

"快,快停下来!"国王尖声叫道,"不然,我就要被埋在里边了。"

金鹿冷冷地笑了笑,停住了蹄子。可是当金鹿停下来的时候,所有的金币顷刻间全部变成了泥土,而国王却被深深地埋在了土里。

母老鼠选夫婿

有一只母老鼠,长得非常漂亮。她的父母决定给她找一位神通广大的夫婿,于是,他们就离开了家。

在母老鼠父母的心里,太阳神神通最广大,所以,他们来到了太阳神的住处,对太阳神说:"您娶我们的女儿为妻吧?"

太阳神听了,心里非常高兴,立马答应了这门亲事。

这时,母老鼠的父母对太阳神问道:"在这个世界上,只有您太阳神是最神通广大的,是吧?"

"不。在这个世界上,最神通最广大的不是我,而是雨神,他比我神通广大。我太阳神不管多么热,他一来,我的热马上就消失得无影无踪了。"太阳神回答道。

母老鼠的父母听了太阳神的话,心立刻凉了半截,它们马上离开了太阳神,去找雨神。

见到雨神以后,母老鼠的父母对雨神说,希望他娶他们漂亮的女儿做妻子。雨神也十分高兴地接受了。这时,母老鼠的父母就像问太阳神一样问雨神："在这个世界上,最神通广大的就是您雨神吗?"

雨神回答说:"不,不是我。风神比我神通广大。你看,不管我雨神下多大的雨,风神一刮起风来,我就吓跑了。"

母老鼠的父母听了,心里很失望,又立刻去找风神。

见到风神以后,母老鼠的父母又把对雨神说的那番话说给了风神听。风神也非常高兴,愉快地答应娶母老鼠为妻。这时,母老鼠的父母又问风神:"在这个世界上,最神通广大的就是您风神吗?"

风神回答说:"哪里,最神通广大的不是我,山冈比我要厉害得多。你看,不管我刮多大的风,都刮不倒它。"

母老鼠的父母听了,很灰心,便离开了风神,又去找山冈。

到了山冈前,母老鼠的父母对山冈说:"听说您是世界上最神通广大的,您娶我们漂亮的女儿为妻吧?

"山冈自然很高兴,马上就答应了。这时,母老鼠的父母问道:"您是世界上最神通广大的吗?"

山冈回答说:"哪里哪里,水牛比我神通广大。它若用角来顶我,我就受不了啦!"

母老鼠的父母听了,就离开了山冈,去找水牛。

见到水牛以后,母老鼠的父母对水牛说:"听山冈说,您是世界上最神通广大的,所以,我们想把女儿嫁给您。"

　　水牛高兴地回答说："我很高兴能娶她做我的妻子。但是，必须说明的是，世界上最神通广大的不是我，而是牛鼻绳。我自己想做什么都不行，一切只得听由拴我鼻子的绳子的摆布。"

　　母老鼠的父母一心想把女儿嫁给世界上最神通广大的夫婿，就离开了水牛，去找拴牛鼻子的绳子。

　　见到拴牛鼻子的绳子以后，母老鼠的父母希望牛鼻绳能娶他们的女儿做妻子，并问道："您是世界上最神通广大的吗？"

　　牛鼻绳回答说："能娶你们的女儿为妻，我当然很高兴。不过，我可不是世界上最神通广大的，老鼠比我厉害多了。你们看，不管我多么结实，老鼠一咬，我就断了。你们还是去找老鼠吧。"

　　母老鼠的父母为了给女儿找一个最神通广大的夫婿，走遍了天下，最后又回到了自己的同族里，只能把自己的女儿嫁给老鼠为妻了。

与田螺赛跑的麂子

从前,有一只麂子从山上来到山下的一块农田里喝水,看见一只田螺正在田间慢腾腾地向前爬行,便忍不住心里直想笑:这么爬下去,什么时候才能爬到哇? 麂子先喝水,喝饱了以后,看见田螺还没有爬远,就对田螺打招呼说:"喂,田螺小舅子①,你好!"麂子十分亲热地跟田螺打过招呼以后,又对田螺说,"我说小舅子,你走路也太慢了,这样走下去,什么时候才能走到哇?"

"我们生来就是这样子的。我们觉得我们走得还挺快的呢!"田螺回答说。

麂子轻蔑地笑了笑,对田螺说道:"像你这样慢腾腾地走路还说走得快的话,那我真得乞求佛祖来救救你们了。"

田螺一听,气坏了。它气呼呼地对麂子说道:"我说麂子小舅

---

① 缅甸克钦族男人之间见面时习惯称对方为"小舅子",这不是开玩笑,而是一种友好的表示。

子,你是不是以为你走得很快呀?"

"那当然快啦!我们的腿长得结实、强壮。我们麂子从一个地方到另一个地方不是走,而是跑。我们喜欢跑。在这座山里没有什么动物能比我们跑得快。"麂子狂妄地说道。

"麂子小舅子,你太看重你自己了。如果你认为你跑得快的话,那我们可不可以比试一下? 你敢比赛吗?"田螺向麂子挑战。

"要比赛,是吗?"麂子像听笑话一样哈哈大笑。

等它笑够了以后,田螺继续对麂子说道:"是的,在别的动物眼里,我们田螺可能走得很慢,但是,我们跑起来可是很快的呀!"

麂子从来没有看见过田螺跑,不知道该不该相信田螺。其实,田螺是为了教训狂妄自大、瞧不起别人的麂子才这样说的。

"是吗? 那咱们就来比试一下吧,我的田螺小舅子!"

"好吧,我们就比比试试。"田螺哈哈大笑。

"好,我同意比赛。咱们现在就跑。"听到田螺的挑战,麂子胸有成竹地说。

"行啊。不过,有一点我要说明一下。正像你只能在陆地上跑一样,我也只能在水里跑。所以,你在陆地上跑,我在水田里跑,怎么样?"

麂子因为忍受不了田螺对自己的挑战,一心想战胜田螺,便同意了田螺的意见。麂子想:即使让田螺在水里跑,它也跑不快的;何况山区的水田是随着山的走势开垦的,弯弯曲曲,拐来拐去,所以田螺肯定要跑更多的路;而它自己呢,在山冈上跑,可以抄近路,跑的路程自然就短了。

就这样,比赛开始了。麂子撒开四蹄向前飞跑,它跑得很快,大约过了三个山头,它来到一处水田头上。它停下来,心想,田螺肯定还没跑到,这下我赢定了! 它想试一下田螺到底到没到,于是,就大声喊道:"喂,田螺小舅子!"

"哎——"

田螺回答的声音是从麂子的前方传来的,这使麂子大吃一惊。它朝前一看,只见回答它的田螺就在前边的水田里。麂子想,不行,我得赶紧往前跑。于是它又跑上山冈,继续向前飞奔。又跑过三个山头,麂子已累得气喘吁吁。它停下来,走到田边,又大声喊道:"喂,田螺小舅子!"

"哎——"

麂子又听到了田螺在它前面回答的声音。

麂子以为田螺又跑到了它的前头,就又跑上了山冈,使出全身力气继续往前跑。它又跑过三个山头,然后下到了水田边,大声喊道:"嘿,田螺小舅子!"

"哎——"

这一次听到田螺的回答声,麂子真的很灰心。它累坏了,上气不接下气地喘着,一点儿力气也没有了。它再也跑不动了,只好认输,觉得很难为情。半天,它什么话也说不出来,低着头,走上山冈,钻进了森林。

　　大约从那时起,麂子再也不敢到山脚下的水田边喝水了,因为它不好意思再见到赢了它的田螺。

　　其实,有一点麂子是不知道的:当它每次叫田螺的时候,在它前面回答它的已不是它最早见到的田螺了。因为,大凡水田,哪里都有田螺。当麂子每次叫"田螺小舅子"的时候,总会有一只田螺回答它。那只田螺正因为知道会是这样,所以才敢和麂子赛跑。

鸡 和 老 鹰

从前,在森林里的一个大树洞里,生活着老母鸡和三只小鸡崽儿。老母鸡和三只小鸡崽儿每天外出找食吃。在天上盘旋的老鹰看见了,就想伺机抓小鸡。

老母鸡一边机警地保护着小鸡崽儿,一边为小鸡崽儿找食吃。每当发现有老鹰正在它们头顶上盘旋时,它便大声喊道:"快躲到妈妈的翅膀底下来! 快!"听到妈妈的喊声,小鸡崽儿立刻跑到老母鸡的翅膀下藏起来,使老鹰的企图落了空。老母鸡直到看见老鹰飞走了,才把小鸡崽儿从翅膀底下放出来,依旧带领小鸡崽儿找食吃。老鹰呢,贼心不死,几乎每天都来到老母鸡和小鸡崽儿觅食的地方,妄图找机会抓小鸡。

一天,老母鸡对小鸡崽儿说道:"孩子们,咱们在这个地方已经找不到足够的食物了,妈妈想到旁边那片森林里为你们找食物。妈妈不在的时候,你们要躲在树洞里,千万别出来。妈妈回来的时候,会喊'孩子们,出来吧',那时你们再出来。"说完,老母鸡就到旁边森林里为孩子们找食去了。

平时每天都来伺机捕食小鸡崽儿的老鹰,在天上盘旋了一阵子以后,没有看见老母鸡和小鸡崽儿,感到很奇怪,于是就躲在一棵大树上偷偷地瞧着。

过了一会儿,老母鸡回来了,站在大树洞口喊道:"孩子们,出来吧,出来吧!"随着喊声,小鸡崽儿一个个欢蹦乱跳地从树洞里钻了出来,争抢着吃母亲为它们找来的食物。

这一切,都被躲在大树上的老鹰看在眼里。

第二天,老鹰趁着老母鸡出去为它的孩子们找食的机会,来到了小鸡崽儿躲藏的大树洞旁。老鹰学着老母鸡的声音喊道:"孩子们,出来吧,出来吧!"躲在树洞里的小鸡崽儿误以为是母亲回来了,就争先恐后地从大树洞里钻了出来。就在这时,老鹰一下子把走在前边的两只小鸡崽儿抓了去。最后出来的一只小鸡崽儿一看不是妈妈而是老鹰,吓得赶紧又钻回了树洞里。

没过多久,老母鸡回来了。像平时一样,在大树洞口前,它大声喊道:"孩子们,出来吧,出来吧!"躲在树洞里的那只小鸡崽儿以为又是老鹰来了,不敢出来。

老母鸡见小鸡崽儿不出来,心生诧异,便又喊道:"孩子们,出来吧,出来吧!"这时,躲在树洞里的小鸡崽儿才战战兢兢地从树洞里钻了出来,一见是妈妈回来了,便把刚才发生的一切仔仔细细地向妈妈描述了一遍。老母鸡听说两只小鸡崽儿被老鹰给叼走了,心里很难过,只好领着剩下的一只小鸡崽儿往回走。

这时,老鹰吃完了刚刚叼走的两只小鸡崽儿又飞了回来。老母鸡知道老鹰正在头上盘旋,就把剩下的一只小鸡崽儿捂在自己的翅膀下趴在地上不动。老鹰一边在天上盘旋,一边搜索枯肠,想怎么样才能把剩下的一只小鸡崽儿也抓来吃掉。"对了,我要是吹捧它,它肯定会上当的。"老鹰有了主意。

于是,老鹰飞落在老母鸡身旁。老母鸡非常警惕,马上做出反抗的准备。这时,只听老鹰对老母鸡说道:"老母鸡,我不是来向你找碴的。说实在的,我非常欣赏你,在天上看你看得不过瘾,就落了下来。你的身条,你的羽毛,简直美极啦!像棉花一样,软绵绵的,真漂亮!但是,如果你们也能像我们一样在天上飞的话,那可就更好看了!"

老母鸡听了非常开心,它甚至把翅膀底下还有一只小鸡崽儿都给忘了。它刚一张开翅膀,想向老鹰展示一下飞的姿势,老鹰一口就把它翅膀底下的那只小鸡崽儿叼走了。最后,老母鸡的三只小鸡崽儿全被老鹰给吃掉了。

野山羊的朋友

从前,在一座森林里有一只鹦鹉和一只野山羊。它们俩总是形影不离,一起吃,一起睡,亲密无间。

有一天,一只狐狸出来觅食,看见了野山羊,就想立刻把它吃掉,可转念一想,来硬的不好,还是先来软的试试。狐狸这样想着,就慢慢走近野山羊,对野山羊说:"喂,野山羊,我想和你交个朋友,怎么样? 你就把我当作你的朋友吧,好吗?"

"那好吧。从今天起我们就做朋友。"野山羊不假思索地同意了。

这时,正在旁边大树上休息的野山羊的朋友鹦鹉听见了,就对野山羊大声说道:"哎呀,朋友,你大错特错了! 狐狸是个什么东西? 它是个吃肉的动物。吃肉是它的本性。它怀着卑鄙的目的和你交朋友,是想吃掉你,你知道吗? 这不同于你和我,我们互相了解,彼此知根知底,没有什么好说的。可狐狸不同,你千万不能同它交朋友,离它越远越好!"

　　但是,野山羊把鹦鹉的肺腑之言当作了耳旁风,它怎么也听不进鹦鹉的劝告,照旧与狐狸交往。

　　就这样,日子一天天地过去了。有一天,狐狸想把野山羊吃掉,就想出了一个鬼主意。狐狸笑眯眯地对野山羊说道:"喂,亲爱的朋友,你在这里觅食,只能吃到一些干树叶。我知道一个地方,那里长满了嫩绿的草和鲜美的果实,你跟在我的后边,我领你去。"

　　野山羊信以为真,就跟在狐狸的后面,去寻找那嫩绿的草和鲜美的果实。这时,它的朋友鹦鹉对它很不放心,就跟在后面,在天上飞着。

　　不一会儿,它们来到了一块长满灯芯草的地方。只见狐狸指着这片绿油油的草地对野山羊说道:"好了,朋友,你在这里尽情地吃吧。"说完,狐狸转身走开了。野山羊呢,一见这又肥又嫩的草,心里乐得不得了,一头钻进草地只管大吃起来。

　　野山羊的朋友鹦鹉,这时正在旁边的树上警惕地观察着动静。狐狸呢,早已藏到一边偷偷地看着,等待时机。

　　没过多久,野山羊就掉进了人们设下的陷阱。野山羊在陷阱里拼命地挣扎着,使劲地喊叫着,想逃出陷阱。这时,狐狸走了过来,到了陷阱旁边。野山羊见了,赶紧冲着狐狸喊道:"朋友,快来救我呀! 快来救我呀!"

　　狐狸心中暗自盘算:我必须让它使劲往上跳,摔死了以后,我再吃它,那不是很容易吗? 于是,狐狸对野山羊说道:"朋友,你听我说,你使出全身力气往上跳,你肯定会跳出来的。"

野山羊听信了狐狸的话,使劲往上跳,拼命地挣扎着。但是,它哪里能跳出来呢!陷阱很深,而且上面还有盖呢!野山羊跳得筋疲力尽,摔得头破血流,再也起不来了。狐狸在一旁看在眼里,乐在心上,只等野山羊死了好把它吃掉。

过了一会儿,在树上的鹦鹉飞了过来。野山羊见鹦鹉来了,就对鹦鹉说道:"朋友,你快救救我吧! 快来救救我吧! 我真的快死了!"

"你不要着急。你就躺在陷阱里,千万别再乱撞。你把肚子鼓得大大的装死。等一会儿挖陷阱的人来了以后,一定会以为你已经死了,会把你从陷阱里拉上来。这时,你就立刻迅速跑开。"鹦鹉给野山羊出主意。说完,鹦鹉就又飞到树上,静观动静。

野山羊这一次真的听了鹦鹉的话,把肚子鼓得很大,闭起眼睛,屏住呼吸,一动不动地装死。

过了一会儿,挖陷阱的人们真的来了。他们看见陷阱里有一只野山羊,高兴极了,立刻把陷阱的盖儿打开,把野山羊拉了上来。这时野山羊忽然打了一个滚,站起来,一溜烟地跑掉了。村民们马上拉弓搭箭,群起射之,可是没有射到野山羊,却射中了躲在一旁的狐狸,狐狸尖叫一声死了。

野山羊终于逃了出来。从此,它与鹦鹉再也不分离了。

公鸡的智谋

从前,在一座森林里,有一只公鸡和一只老虎。它们俩彼此友好,和睦相处,从不相互挑衅。一天,它们一起外出觅食,走着走着,不知不觉走进了深山密林中。

这时,公鸡对老虎说道:"虎朋友,今天恐怕是回不去了。咱们就在这座森林里过夜吧。明天天一亮,咱们就回去,好吗?"

"好吧,公鸡。我就在这棵大杧果树的树洞里睡,你在哪儿睡?"老虎问道。

"你别为我着急。你在这棵杧果树的树洞里睡,我在这棵杧果树的树枝上睡。"公鸡说着,就上了这棵大杧果树。老虎也钻进了树洞睡下了。

就在这个时候,一只狐狸觅食来到了大杧果树下,见到大树上的公鸡,垂涎欲滴,想把它吃掉。狐狸想:我先和公鸡交朋友,然后,趁它不注意的时候,再把它吃掉。狐狸打定了主意,就对公鸡说:"喂,公鸡朋友,你从树下来吧。咱俩交个朋友,好吗?"

"咱们以后再交朋友。这棵树上有一个大洞,那里有我一个朋友。你先去和它交朋友,好吗?"公鸡在树上回答道。

狐狸听了公鸡的话,心里暗自高兴:哼,这下可好了,我原以为只有一只公鸡呢,现在这棵大树的树洞里还有一只,那就是说,我今天可以饱餐一顿,吃到两只公鸡啦!

狐狸决定先把树洞里的公鸡吃掉,就把自己的半个身子钻进了树洞,嘴里还得意地叫道:"喂,我亲爱的朋友,我来啦!"这时,树洞里的老虎一口就把狐狸给咬死了。

第二天一早,老虎见到了公鸡。由于吃到了狐狸肉,老虎显得异常高兴。于是它们又继续去觅食。不料,这一天,它们俩走散了。

一只狼看见了公鸡,就想把它吃掉。公鸡迅速跑开,狼紧紧地跟在后面追赶。公鸡累得上气不接下气,实在跑不动了,就停下来对狼央求道:"狼,你别吃我了,行吗? 我请你吃一块比我的肉更好吃的奶酪。"

狼一听有奶酪吃,不由得垂涎欲滴,忙问道:"哪里有奶酪?"

"你就跟在我后面吧,我领你去。"公鸡说着就领着狼往前走,狼则寸步不离地跟在后面。

走着走着,它们来到了一眼水井旁边。公鸡看见天上的月亮倒映在水井里,就指给狼看。狼看见水井里的月亮的倒影,误以为是一块大奶酪,就叫公鸡把这块大奶酪拿给它。

"那没关系，我亲自下去给你拿，你等着。"说完，公鸡就抓住拴在水井边滑轮上绳子的一头，下到井里。

狼以为就要吃到奶酪了，心里一阵欢喜，紧靠着井台边往下看。

过了好一会儿，只听公鸡在井里大声喊道："喂，狼兄弟！这块奶酪实在太大了，我怎么也搬不动，你下来帮帮我吧。"

狼信以为真，就高高兴兴地抓住挂在水井边滑轮上绳子的另一头，下到了井里。狼刚一下到井里，抓住绳子另一头的公鸡就被拉了上来。

到了井里的狼非但没有吃到奶酪，反而遇到了麻烦。站在井台上的公鸡把拴在滑轮上的绳子解开，扔到了井里，狼再也无法上来了。

这时，只听公鸡在井台上大声对井里的狼喊："喂，狼老兄，你慢慢地在井里独自享用那块大奶酪吧，吃得饱点儿！好了，狼老兄，再见啦！"说完，公鸡径自走开了。

狼在井里，再也上不来了。没过多久，它就沉到水底淹死了。

丢了肠子的知了

从前,山脚下长着一棵结满了诱人的果子的孟加拉苹果树,一只猴子和一只知了住在上边。

猴子每天白天都来吃香甜的孟加拉苹果,到了晚上,就回到森林里其他树上睡觉。而知了则是白天飞到四处玩耍,晚上在孟加拉苹果树上睡觉。

一天,天气炎热,猴子在孟加拉苹果树上摘果子吃。平常总是到远处玩的知了也因为那天天气实在太热,不出门了,待在树上休息。一只麂子也来到了孟加拉苹果树的大树荫下乘凉,眯眯一来,就睡着了。

这三只动物,猴子在树上吃果子,麂子在树下睡大觉,知了在树枝上休息。四周安静极了。就在这时,一阵清凉的山风吹了过来,正热得心烦的知了突然高兴地站起来,扯着嗓子大声唱歌。正起劲地吃着果子的猴子被这突如其来的歌声吓了一大跳,手中的果子掉到树下,正好砸在了睡梦中的麂子身上。

122

麂子被一个重东西砸了一下,惊慌失措地拔腿就跑。跑着跑着,它被灌木和荆棘丛挡住了去路。惊慌之下,它气喘吁吁地朝一个山洞跑去。

不料,麂子又被一根藤子绊了一下,摔倒在地。

这是山腰上一棵大冬瓜的藤子,由于麂子这么一绊,一只大冬瓜掉了下来,滚下山去。

这只大冬瓜一气儿滚到了山脚下的芝麻地里。有些芝麻就被这只来势汹汹的大冬瓜砸得四处飘散。

这时,一只大象也因为天气炎热,正在芝麻地里休息。听到了冬瓜滚落的声音,大象睁开眼睛看,刚巧芝麻就飞进了大象的眼睛里。

被芝麻刺痛了眼睛的大象,立刻跳起身,闭着眼睛,向湖边奔去。到了湖边,为了能舒服点儿,大象一下就跳进了湖里。一只叫作巴丹的半鱼半蛙的动物正自由自在地在湖中游泳,大象慌慌张张地跳入水中,正好砸在了巴丹的身上。大象的身体太重了,竟把巴丹的肚子给砸破了,肠子全都掉了出来。

巴丹肚子疼得受不了,心想:我自己在湖中游玩,又没招谁惹谁,大象凭什么这么欺负人!于是它就到守护湖泊的神仙那里告状。

湖神说:"我早已下令,在这山林一带,不论是陆上的走兽、天上的飞禽,还是水里的鱼虾,都要相亲相爱,和平共处,不能恃强凌弱,以大欺小。现在力大无比的大象使弱小的巴丹受伤了,我得调查这件事情,主持公道。"

湖神发出呼叫,山林中所有的动物听到呼叫后都聚集过来。等陆上、空中、水里的动物全聚齐了之后,湖神对大象说:"大象,你为什么欺负安安静静地在水中游泳的巴丹,把它肚子里的肠子全砸出来了?"

大象说:"您问得正好,尊敬的湖神。我因为天气炎热,独自在芝麻地边趴着休息,挺舒服的。这时好像有人将一大箩筐的芝麻撒向我的眼睛。我的眼睛刺痛难忍,为了减轻痛楚,我跳进了水里。我根本没想到会伤害到巴丹啊!"

听了大象的辩解,湖神心想:这件案子的被告应是芝麻啊。于是湖神把芝麻叫来问道:"芝麻,你们为什么一齐飞到大象的眼睛里呢?"

芝麻回答道:"请听我们解释,尊敬的湖神。当我们都待在妈妈的怀里时,一只大冬瓜从山上滚下来,狠狠地砸在我们的身上。我们被大冬瓜砸得从妈妈的怀里飞出来,又飞进了大象的眼睛里。我们可并不是有意要飞进大象的眼睛里的啊!"

听了芝麻的辩解,湖神心想:这件案子的被告应是大冬瓜啊。于是湖神把大冬瓜叫来问道:"大冬瓜,你干吗要从山上滚落下来,砸得芝麻四处飞散啊?"

大冬瓜说:"尊敬的湖神,我还没长熟,还连在妈妈的藤子上。

这时,一只麂子冒冒失失地跑过来,把妈妈的藤子给撞断了。我失去了依靠,就滚落到山下的芝麻地里去了。我可不是成心要砸芝麻的呀!"

听了大冬瓜的辩解,湖神心想:这件事情可够麻烦的,麂子应该是罪魁祸首了吧。于是湖神把麂子叫来,训斥道:"麂子,你疯了吗?干吗跑到山腰上,把冬瓜藤给撞断啊?就因为你,事情被搞得乱七八糟。这是怎么回事啊?"

麂子说:"尊敬的湖神,把冬瓜藤给撞断可不是我的过错啊!我就在不远处的孟加拉苹果树下睡觉,树上的猴子用孟加拉苹果砸我。睡梦中的我被砸疼了,慌忙奔跑之时,一不小心把冬瓜藤给撞断了。"

湖神心想:整个事情全是淘气的猴子惹出来的。于是湖神把猴子叫来问道:"淘气的小猴子,你无缘无故地用孟加拉苹果砸树下的小麂子,你怎么为你的行为辩解啊?"

猴子说:"尊敬的湖神,请听我说。我像往常一样,肚子饿了,就摘孟加拉苹果吃。这时,总是一惊一乍的知了突然在我待的树枝下尖叫起来。我被吓了一跳,手中的孟加拉苹果就掉到树下了。我可不是成心用孟加拉苹果砸麂子的啊。"

听了猴子的说法,湖神心想:这件事看来要归咎于知了了。于是湖神把知了叫来问道:"知了,你突然乱叫什么啊!你惹了多少祸啊!你自己知道吗?"

知了答道:"是的,尊敬的湖神。我不想害任何人。在这样炎热的天气,吹来了凉爽的风,我心里一高兴,就忍不住唱了起来。"

湖神不再追究风的过错,就这样裁决:"你这个知了啊,你有嘴巴,别的动物不也有嘴巴吗?你虽然有眼睛,却不会观察周围的情况。你只顾自己,随心所欲,所以总是没羞没臊,大声吵吵。就是因为你不顾周围环境,才导致不该发生的事情发生了,所以我要从你的肚子里取出肠子,把它放进巴丹的肚子里去。"

所有的动物听了湖神公正的裁决,都热烈鼓掌,表示赞成。从此,知了的肚子里就没有肠子了。

五百只猴子

从前,有一对贫穷的老夫妇,辛勤劳作,种地为生。他们在远离村子的山上选了一块肥沃的田地,每天住在那里,侍弄各种瓜果蔬菜,有豆角、黄瓜、芝麻、花生、毛豆、冬瓜、南瓜、丝瓜、茄子、辣椒、蒜、香菜、萝卜、空心菜和芋头等。

山林中的小鸟都来吃瓜果蔬菜,松鼠也来吃,猴子不仅成群结队地来吃,还搞破坏。

老头儿心想:比起小鸟,这五百只猴子搞的破坏实在是太大了,我得想个办法把猴子给抓起来,尤其是猴王。想到这里,他便吩咐老太婆去准备四大升发酵好的大豆。

老头儿拿着大豆,来到猴子经常出没的地方,将自己的全身涂满大豆,并将剩下的豆子吃了,然后躺在地上装死。他全身散发着臭味,真像死人一样。就这样,老头儿装成死人,在地上躺了一夜,等着猴子们。

第二天天快亮的时候,猴子们又像往常一样,蹦蹦跳跳地来了。一看到装死的老头儿,它们便围拢过来。老头儿还是像死人一样一动不动,浑身臭烘烘的。

猴子们商量道:"这人已经死了,臭烘烘的。我们把他抬回去孝敬大王吧。"于是它们抬着老头,翻过一座座山,越过一道道谷,拉着藤蔓,爬过悬崖峭壁,历经千辛万苦,终于来到猴王那里。

猴王听说能吃到肉,非常高兴,吩咐手下说:"我要吃肉了,赶紧去准备。"猴子们拿出金盘子、银盘子准备起来。这时,老头儿突然从地上跳起来,抓住了猴王,把它紧紧地绑起来,然后吓唬道:"我们老两口辛辛苦苦地种地,你们一点儿同情心都没有,无缘无故地跑来搞破坏,真该杀死你。如果想要活命,就得用金银珠宝来赎命,不然我就杀了你。"

猴王连忙对老头儿说:"千万别杀我,你要多少金银珠宝,我都满足你。"然后便吩咐群猴,"赶紧去拿金银珠宝来,他要多少就给他多少。"

老头儿尽可能多地拿了些金银珠宝,又让猴子们把自己抬下山,一直送回家。

老头儿满载金银珠宝回到家后,把事情的详细经过对老太婆说了,并把金银珠宝交给她,然后两个人就搬回村子里住了。

邻里纷纷询问老人是如何获得这么多财宝发家致富的。老头儿就如实地讲述了他如何生猴子的气,用豆子涂满全身装成死人,又如何被猴子当成死人抬到猴王那里,然后他又是如何擒住猴王,索要了金银珠宝。

有一个人听了老头儿的讲述,起了贪念,也想用同样的方法获得金银珠宝。于是,他就让自己的老婆准备了四升发酵好的大豆,来到老头儿的田边,浑身涂满豆子,装成死人。天亮时,猴子们来了,它们没有吸取上次的教训,又把他当成死人给抬走了。

猴子们一路翻山越岭,攀崖过冈。这时,那人心里有些害怕,他睁开眼睛,看到群猴正抬着他翻越万丈深渊,心想:万一猴子手没抓牢,我不就大祸临头了吗!他不禁脱口而出:"猴子们,你们要好好抓住我呀,一不小心松了手,我就完了!"猴子们被他的话吓得松了手,结果他就掉进万丈深渊,摔得粉身碎骨了。而他的老婆,这时正在家里盼着他回来呢。

智者猫头鹰

从前,森林里住着一只非常聪明的猫头鹰。动物之间发生了争执,都会到猫头鹰那里请求裁决。

一天,一头大象对猴子说:"我能够折断大树,又能拉动木头。这证明身高力大是非常有用的。"

猴子说:"无论哪棵树,无论它有多高,我都能轻而易举地飞快爬上去。这就证明轻巧灵活比身高力大更有用。"

它们之间发生了争执,就一起到智者猫头鹰那里去寻求评判。它们向猫头鹰讲述了事情的前因后果,然后向猫头鹰请求道:"尊敬的智者猫头鹰,请您说说谁更有用。"

猫头鹰指着离它待的树不远处的小河说:"朋友,请你们二位都渡过那条河,在河的对岸有一棵大树,请将树上的果子摘回来吧。"

大象问:"那大树与我们的问题有何相干?"

猫头鹰道:"有关系。你们就照我的话去做吧。"

　　大象和猴子一起朝着猫头鹰所指的河边走了过去。猴子从来没有渡过河，又不知道河水的深浅，所以不敢过。

　　大象说："一会儿你就会知道身高力大的好处了。你要是不敢过河的话，就骑到我的背上来吧。"说完它就驮着猴子渡过了河。

　　对岸的树又高又大，只有树顶上才有果子。大象既够不着果子，又不能将大树放倒，更不会爬树，只好在那里发愣。

　　这时，猴子得意扬扬地说："大象朋友，你的身高力大无用武之地了吧！现在，只有我的轻巧灵活才管用。看我的吧。"说完猴子就飞快地爬上树，摘了果子，递给大象。之后，它们又一起回到了猫头鹰那里。

　　大象和猴子对猫头鹰说："智者，我们已按您的吩咐将果子采回来了。现在，就请您回答我们的问题吧。"

　　猫头鹰说："你们已在实践中找到了问题的答案。"

　　大象和猴子迷惑不解地问："在哪里找到的啊？"

　　猫头鹰就教训它们道："如果没有身高力大的大象，猴子就不可能渡过河；如果没有轻巧灵活、擅长爬树摘果子的猴子，大象也不可能得到果子。所有的动物，各自都有自己的一技之长，这都是在特定的环境下才有用的。如果用自己的所长去弥补他人之短，就能取得成功。这一点，你们都亲身感受到了。重要的是，如果能化解纷争，团结一心，那将战无不胜。"

人 与 蛇

从前,在一个村子里住着一对老夫妻,他们靠在山上耕种一点儿田地生活,日子过得很拮据。

一天早晨,老奶奶要做早饭,就拿出一些米来舂,正舂着,木杵从中间断掉了。老奶奶把这件事情告诉了老爷爷,老爷爷拿起一把砍刀,背上竹筐进了山林。他要去砍一段树枝做一个新的木杵。

但是老爷爷怎么也找不到适合做木杵的树枝,因为这些树枝都弯弯曲曲的,根本没办法做成木杵。他在树林里、山顶上一天又一天地寻找着,却还是一无所获。他又累又饿,于是放弃了山林,来到河边有树的地方,可还是没有找到适合做木杵的树枝。无奈之中,他问旁边的大树:"为什么这些树都长得弯弯曲曲的呢?"

大树回答说:"老爷爷,这些树是鹭鸶鸟在上面停留给压弯的。"

老爷爷抬头一看,见一只鹭鸶鸟正停在大树上休息,就问它:"鹭鸶鸟朋友,你为什么要停在树上,把树枝压弯了呢?"

鹭鸶鸟回答说:"老爷爷,我停在树上是为了看清楚水中的鱼儿什么时候浮到水面上来,它们一浮上水面,我就飞下去捉它们来吃。"

老爷爷随着鹭鸶鸟的话往水中望去,果然有鱼儿不时地将头露出水面来,于是老爷爷问其中一条小鱼儿:"你为什么要不时地浮到水面上来呢?"

小鱼儿回答说:"水牛在水里打滚,把水都搅浑了,我们在水里待不住,就不时地浮上来喘口气。"

老爷爷听完小鱼儿的话,转身问旁边的一头水牛:"水牛朋友,你为什么要在水里打滚呢?"

水牛回答说:"老爷爷,白铃虫咬得我奇痒难忍,我在水里打个滚,这样可以稍微舒服一点儿。"

老爷爷又转头去问白铃虫:"小白铃虫,你们为什么要咬水牛呢?"

白铃虫们齐声回答说:"老爷爷,青蛙叫得正欢,天也阴下来了,说明快下雨了。下雨的话,我们无处藏身,就躲在水牛身下,反正闲着也是闲着,我们就咬水牛,顺便把吃饭问题解决了。"

老爷爷决定问个究竟,又去找青蛙:"青蛙朋友,你为什么叫得这么欢呢?"

青蛙回答说:"我们叫得这么欢是因为蛇总是要吃我们。如果池塘里水少了,我们就要到陆地上待着,蛇就可以很轻易地吃掉我们;如果雨水多,我们就可以在池塘里藏身。为了祈祷多下点儿雨,我们就日夜不停'阴——啊,阴——啊'地叫,一直叫到下雨为止。您看,现在天阴了吧。"

老爷爷听了青蛙的话,很同情青蛙的处境,同时也很生蛇的气。对于靠种地生活的人们来说雨水非常重要,蛇却要吃祈求宝贵雨水的青蛙,老爷爷怎么能不生气呢?他怒气冲冲地去质问蛇:"你为什么到处追杀为人类祈雨谋福的青蛙呢?你真是太坏了。"

蛇对自己无缘无故遭到怒斥也很生气,对老爷爷反唇相讥:"老头子,你有什么权利这样说我?我们祖祖辈辈就是以青蛙为食,你别来管闲事。"

从此,人和蛇就结下了仇怨,蛇只要一有机会就咬人,人一见到蛇也浑身不舒服,必欲置之死地而后快。

猫 和 水 獭

从前,猫和水獭是一对亲密无间的朋友。水獭对猫非常忠诚,为了好朋友的一日三餐,它每天都要潜到水里,专捉那些味道鲜美的小鱼送给猫吃。猫呢,除了说声"谢谢"之外却什么也不帮水獭。当时动物们都还没有各自的名字,于是,有一天这两位朋友碰在一起,商量着该取个什么样的名字彼此称呼。

猫说:"朋友,咱俩已经相识很长时间了。如果有人问我:'你和你的朋友叫什么名字呢?'我要是回答我们还没有名字,那多难为情啊,我们一定要取一个又好听又好记的名字。这样吧,你给我取一个你喜欢的名字,同样,我也给你取一个我喜欢的名字。"

水獭非常同意猫的观点,于是回答说:"如果我给你取名字的话,这个名字既要好听又要和你的叫声相符。"水獭想了一会儿,接着说,"这样吧,我叫你'妙'①好不好?"

———————

① 在克伦语里,"妙"就是"猫"的意思。

135

猫对自己被称为"妙"非常满意,说:"朋友,你真高明,'妙'这个名字你也喜欢,我也喜欢,从今天开始你就叫我'妙'吧。"然后猫又对水獭说,"我早就想好你的名字了,这个名字既和你相配,我也很喜欢,简单清脆,我就叫你'崩'①了。"

可是水獭对"崩"这个名字很不喜欢,因为"崩"这个名字意思不好,叫起来也不悦耳。于是水獭要求猫不要叫自己"崩"并让它给自己另取一个好听些的名字。可是水獭的要求遭到了猫的无理反对,它不仅不给水獭另取名字,还反驳水獭说:"已经取好的名字不能改了。你按自己的意思叫我'妙',我很高兴地接受了,所以现在我给你取的'崩'这个名字不管你喜不喜欢都得接受。"

此后,猫每次见到可怜的水獭总是说:"我亲爱的'崩'朋友,你好吗?"或:"亲爱的'崩',你今天给我带鱼来了吗?"水獭每次听到猫叫自己"崩",总是感到很沮丧。

水獭为了不使自己在以后的日子里再被叫作"崩",决定向宇宙最有权威者上诉。宇宙中最有权威的就是太阳了,我应该去它那里请求它给我取消这个讨厌的名字,水獭一边想着一边就向太阳那里出发了。见到太阳,委屈的水獭毕恭毕敬地请求道:"尊敬的太阳,您在宇宙中威力最大了,现在猫给我取了'崩'这个讨厌的名字,而且每次见到我都要喊,所以我请求您让猫不要再喊我

---

① 在克伦语里,"崩"就是"水獭"的意思。

'崩'了。"

听了水獭的话,太阳说:"小水獭,我不是宇宙中威力最大的,比我威力大的是云,无论我发出多少热,云都有挡住这些热量的威力,你还是去它那里寻求帮助吧。"

于是小水獭就按照太阳的指点找到了云,说:"尊敬的云,您是宇宙中威力最大的了,现在猫给我取了'崩'这个名字,每次见到我都要喊这个我一点儿也不喜欢的名字,所以,我请求您去阻止猫,让它别再叫我'崩'了。"

云却说:"小水獭,世间比我威力大的还有呢,那是风,风可以把我们吹到任何它要我们去的地方,因此你还是到风那里去求助吧。"

一心想改名字的小水獭便又跑到风那里,说:"威力无穷的风啊,猫给我取了'崩'这个名字,可是我一点儿也不喜欢,请您让它以后别再叫我'崩'了。"

这时风指点小水獭说:"小朋友,虽然我可以吹得云四处飘荡,但我的威力并不大,田间的小土埂我就吹不动,比我威力大的是那些小土埂,你去那里求助吧。"

于是意志坚强的小水獭又到土埂那里求助说:"尊敬的土埂,您是世间威力最大的了,现在猫给我取了'崩'这个大家都不喜欢的名字,而且一见面就叫我这个讨厌的名字,请您出面阻止它吧。"

"水獭朋友,虽然风吹不倒我,但是我却抵挡不了公牛在我身上磨牛角。我很怕公牛,公牛比我威力更大,你还是到它那里去想想办法吧。"土埂又把小水獭支到公牛那里去了。

见到公牛,小水獭又诉说了一遍自己的苦衷:"勇猛有力的公牛啊,猫给我取了'崩'这个讨厌的名字,而且一见面就喊,请您出面阻止它吧。"

听了小水獭的话,公牛说:"水獭朋友,我虽然勇猛有力,可对于拴我的绳子却无能为力。绳子比我更有威力,你还是找它想想办法吧。"

小水獭依然不灰心,又跑到绳子那儿求助说:"绳子朋友,您能牵着公牛去任何想去的地方,现在请您帮我一个忙吧。猫给我取了个难听的名字叫'崩',而且一见面就喊,这个糟糕的名字我不喜欢,请您出面让它别再喊了。"

可是绳子也爱莫能助,它对小水獭说:"虽然我能牵着牛随意走,可是我却战胜不了老鼠,老鼠随时都可以咬断我,它比我更有威力,你去找老鼠试试看。"

意志坚强的小水獭又按绳子的指点来到老鼠这里,毕恭毕敬地对老鼠说:"尊敬的鼠朋友,您有锋利的牙齿,连公牛都挣不断的绳子您却顷刻就能咬断,所以我想请您帮个忙。"小水獭又把自己的苦衷向老鼠说了一遍。

一听水獭的话,老鼠大惊失色,打断水獭的话说:"打住,朋友,你一定是猫派来杀我的索命鬼吧,我连'猫'这个字都怕听到,你的名字问题还是你自己去找猫解决吧,但是你千万不要在猫面前吐露一点儿和我在这里见过面的事儿。"老鼠说完,就一溜烟儿地跑了。

垂头丧气的水獭为了名字的事情再也不去见猫了,它也不再给猫捕鱼。而猫呢,一到吃饭的时候依旧站在水边"崩——崩——崩——"地一遍遍喊着水獭的名字,期待着水獭再来送鱼给它吃。就这样,"崩"这个名字还是传开了,据说伤心的水獭再也没有回到猫那里去。

象王、青蛙与狮子王

从前,在喜马拉雅山的密林深处,住着一头狮子王和一头象王。狮子王住在东边,象王住在西边,正中间有一个池塘,是一只青蛙的领地。

象王在西边统治着它的领地,不敢到东边去;同样,狮子王也不敢到西边象王的地盘上来。这样,它们相安无事地过了许多年。慢慢地,象王开始对自己的领地不满足了,想把东边的土地也据为己有。一天,象王为了挑起和狮子王的战斗,单枪匹马前往东边狮子王的领地挑衅。

当象王走到池塘边时,青蛙从池塘里探出头来问它:"象王朋友,你从来不曾来过这里,今天是什么风把你吹来了啊?"

象王说:"我要去东边找狮子作战。"

"象王朋友,你千万别去,那不是你的地盘,你去的话只会输不会赢。"

"别阻拦我,青蛙,我走了。"

"不听我劝,你想去就去吧,你从战场回来时可一定要路过我这里啊。"

"好的。"

于是象王来到了狮子王的领地。

见到象王,狮子王感到很吃惊,便问:"象王朋友,今天怎么有空到这里来呀?"

"我今天来不为别的,是来和你作战的。"

"象王朋友,以什么做筹码啊?"

"你赢了的话,就杀了我;我赢了的话,就杀了你。"

"一言为定。"

首先由象王进攻,但由于狮子王善于跳跃躲藏,无论象王怎样进攻,始终伤不着狮子王的一根毛发,象王则累得气喘吁吁。然后,轮到狮子王进攻了,狮子王仅仅大声吼叫了几次,象王就吓得举手投降了。

这时,象王意识到了自己的错误,后悔不已,向狮子王乞求道:"狮子王,我输了,但是我家里还有妻子儿女,请给我七天时间,我向他们告别一下,七天后我一定回来接受你的处置。"

狮子王很同情象王,就准了它七天期限。象王在回家的路上又悔又怕,不知不觉来到了池塘边。见到青蛙,它便将事情的经过一五一十地讲给了青蛙听。

青蛙听后说:"象王朋友,我不是说过了吗? 你可以在自己的地盘上行使权力,却不该去肆意侵占别人的地盘。你不明白利害关系,这回你可犯了个大错误。"顿了一下,青蛙又问,"你现在害怕吗?"

"我能不害怕吗?青蛙朋友,七天以后,我就要死了。"

这时,青蛙给象王出了一个主意:"你也别害怕,七天以后你也不用去狮子王那边。你回去把所有的大象召集在一起,挖一个充满泥浆的大池塘。如果狮子王追来的话,你们就躲进池塘里。"

象王回到自己的领地,按照青蛙的主意做了安排。

七天以后,象王没有如约前来,狮子王勃然大怒:"它居然敢要我!"于是狮子王气势汹汹地来到池塘边,要到象王这边兴师问罪。

青蛙从水里跳到岸上,问狮子王:"你不在自己地盘上待着,去哪里呀?去不该去的地方可没有好结果。"

狮子王便把事情的经过讲了一遍。

这时青蛙劝它:"朋友,无论你多么勇敢,你也只能在自己的地盘上获胜,你不该到别人的地盘上去。"

无论怎样劝阻,狮子王还是义无反顾地走了,青蛙也立刻在不远的地方跟着,去打探动静。狮子王见象王躲在池塘中,大发脾气,吼声震天。但无论它怎么吼,也无法杀死象王。最后,狮子王再也控制不住,下到象王所在的池塘里,可是池塘太泥泞了,狮子王陷在里面几乎动弹不得。

这时青蛙来到岸边,劝解说:"你们真是作茧自缚,不老老实实地待在自己的地盘上,却老想着去侵占别人的地盘,是不是太愚蠢了?"

这时狮子王和象王都意识到自己的错误,象王帮狮子王从泥泞里爬出来。从此,它们三个高高兴兴地相安无事。

骄傲的乌鸦

远古时候，世界上刚刚出现长翅膀的、能在天空中自由自在翱翔的鸟类时，每种鸟儿只有一只，在这些鸟儿中，乌鸦是最漂亮的。一天，乌鸦将自己的翅膀和羽毛与别的鸟儿们相比，发现自己的羽毛确实与众不同，闪着一种特别的光亮。乌鸦对自己的发现兴奋不已，原来世界上再也没有比自己更漂亮的鸟儿了。乌鸦不禁沾沾自喜，心想：以后我不能再和那些丑陋的鸟儿交往了，我是最尊贵的，和它们交往，多没面子啊！它这样想着，和其他鸟儿说起话来语气就有些傲慢了。

一天，所有的鸟儿聚在一起，商量着为鸟类王国选一位国王。对于推选国王一事，所有的鸟儿一致同意，但是谁能胜任国王一职呢？于是它们决定采取自荐的办法，认为自己能胜任的鸟儿要在大家面前陈述自己胜任的理由。鸟儿们个个摩拳擦掌，都想一试身手。大家轮流上台演讲，但总有不同意见，国王还是没有选出来。这时，乌鸦走上台前，说只有自己才可以成为鸟类的国王，因为自己是鸟类中最漂亮、最尊贵的。

鸟儿们听完乌鸦的发言,议论纷纷,大家都说乌鸦平时因为羽毛漂亮总是炫耀自己,对其他鸟儿傲慢无礼,好像大家谁都不配和它交往似的,如果选它当国王,以后它会更加不可一世了。于是鸟儿们一致反对乌鸦当国王。

乌鸦看到大家如此反对,非常生气,咬牙切齿地说:"你们等着瞧,总有一天我要让你们知道我的厉害。"说完它气急败坏地回家了。

一只鸟儿说:"既然这样选不出国王,我们还是想想其他办法吧。"

一只体形庞大的鸟儿出了主意:"我们不如规定个地方,大家比赛飞翔,胜者我们就选它当国王。"

鸟儿们一致同意这个办法,它们还有别的考虑,一旦这只大鸟儿获胜当了国王的话,相信它一定会给乌鸦一点儿厉害,说不定还能杀了乌鸦呢。

这只出主意的大鸟儿不仅聪明还很有远见,它打定主意在比赛的路上把乌鸦啄死,不管谁当国王,得先杀了乌鸦以后才能过太平日子。聪明的乌鸦也辗转打听到要比赛飞行的消息,心想:如果不参加比赛,我就无法获胜,所以还是要竭尽全力参加比赛。

鸟儿们选定了出发的地点,又规定了终点,这段距离要在一天内飞完。大家相约第二天早晨开始比赛。鸟儿们都希望大鸟儿能

够战胜乌鸦,所以一起陪大鸟儿飞行,给它加油鼓劲。可是,飞到半路却连乌鸦的影子都没见到,大家都以为乌鸦一定落在后头,便决定先在此找点野果补充点体力,等乌鸦追上来,一齐羞辱它一番。鸟儿们一边叽叽喳喳地说笑着,一边找野果吃,可是过了很长很长时间,还是没有见到乌鸦的影子,大家不禁担心起来。于是它们开始奋力向前飞,但是无论它们如何努力,还是落后了,因为乌鸦早就猜到它们的心思了。原来乌鸦绕过它们休息的地方已经先一步到达目的地。鸟儿们无计可施,只得按开会时的约定办法,让乌鸦当了它们的国王。

乌鸦当了国王后,大权在握,比以前更加傲慢,经常随意发号施令。时间久了,鸟儿们不堪忍受乌鸦的折磨,商议着一起造反。这时,一只鸟儿说:"如果我们造反,别的动物会说我们不守信用。我们不如使劲吹捧乌鸦,让它出洋相不好吗?"

于是它们一起来到乌鸦面前,说:"国王陛下,您的声音真悦耳,羽毛也闪闪发光,我们的声音虽然不能像您那么动听,但我们非常想拥有您那样漂亮的羽毛,您是最体贴我们的了。所以,我们想以您的羽毛为种子,请您赐给我们羽毛吧!"

"羽毛可以当种子?"乌鸦问大家。

这时,一只非常机灵的小鸟儿跳出来说:"您是我们大家的国王啊,以您的神威当然可以让您的羽毛当种子的。"

乌鸦听了有点忘乎所以起来,说:"你说得很对,我是因为可怜你们,所以才把自己的羽毛当种子分给大家。"说着,乌鸦便把自己的羽毛拔下来,分给众鸟儿。

可是由于鸟儿众多,不一会儿,乌鸦身上的羽毛就被拔光了。这时鸟儿们开始取笑乌鸦,还用木炭涂黑它的身体。不一会儿,乌鸦的身体就成了乌黑一团。乌鸦羞愧万分。直到今天,所有的乌鸦还是浑身上下乌黑乌黑的。

艾力和艾路

从前，有一个小山村叫对叶榕树村。村子的周围被森林包围着，森林里生长着很多对叶榕树，小山村就以此取名。

村子里有两个年轻人，一个叫艾力，一个叫艾路。他们是两个孤儿，彼此同病相怜。两人在一起盖了一所房子，一起吃，一起住，一起劳动。可偏偏两人都得了大脖子病，两人的脖子下都长出了一个大疙瘩。可是，两个人也有不同的地方，那就是艾力心地善良，艾路心术不正。艾路总是担心艾力比自己强，总想占艾力的便宜。

他们俩从小就在一起，靠给村里的人放牛为生，村里的人供他俩饭吃。每年秋天，打下粮食，村里的人除了给他俩全年的口粮外，还给他俩一点儿零用钱。

口粮和钱都由艾路保管。艾路心眼不好，他总是骗艾力。

"艾力兄弟，我看你有点儿傻乎乎的，恐怕管不好账，所以，就由我来管钱和粮食吧。如果有多余的钱呢，那咱俩就平分，你看好吗?"艾路对艾力说。

艾力很相信艾路,就同意了。但是,艾路却背着艾力暗地里攒钱,对艾力却说一分多余的钱都没有了。

"艾力,咱俩吃得也不好,钱也没攒下。"艾路总是对艾力这么念叨着。

艾力对艾路从来都没有丝毫不信任的念头,他以为艾路跟他一样是个很老实的人。就这样,他们长大成人,不能再为村里人放牛了,因为放牛只是那些小孩子干的活儿。

艾力是一个爱劳动的人,他与村民们商量做点什么活儿好。有人说让他们去开垦山地;有人说让他们去种水稻;有人说让他们去卖水稻种子;还有人让他们去摘对叶榕树果子到城里去卖,然后,再从城里买回盐来,在村子里卖,可以赚到钱。村民们出的主意可以说都很好,没有本钱的人可不就得靠体力去努力吗? 再说,村旁边的森林里不是有很多对叶榕树吗?

艾力接受了村民们的建议,和艾路商量起来。艾路是个小油条,脑子活得很。他立刻知道村民们出的主意非常好,于是,就盘算着怎样偷懒和怎样占便宜。

"那么,这么办吧。咱俩分一下工。你呢,负责摘对叶榕树果子,然后到城里去换成盐。我呢,负责在村子里卖盐,钱也由我来保管。至于开垦山地,那就由咱俩一块干吧。你看怎么样?"

艾力以为艾路是以十分诚恳的态度说的,所以也就同意了。

其实,艾路的这个主意是为了自己省力,为自己占便宜才想出来的。

谁都知道,摘对叶榕树果子到城里去换盐的活儿最累。担着很重的对叶榕树果子翻山越岭,比在村子里卖盐要累得多。卖得的钱由艾路保管,艾路又在打如意算盘,想暗地里多捞点钱财。

就这样,每到集日,艾力都担着满满一担子对叶榕树果子进城。集日这天,他起得很早,即使这样,到城里的时候也都快晌午了。在集市上,他用对叶榕树果子换成盐,然后,打开饭包吃午饭,吃饱了就往回赶,等他到家的时候,天已经大黑了。

艾路呢,在村子里慢悠悠地卖盐,当然一点儿也不累。

开垦山地也是如此。艾路不是说脚疼就是说头疼,总是找个借口,从来也不好好干活。艾力一直在卖力地干活,只有他才是真干。

旁观者清。村里的人都认为艾路做得不对,大家都劝艾力和艾路分开。但是,艾力却说:"艾路是因为身体不好才不去干活的。我不应该和他分开。全村人中只有我们俩得了大脖子病,我们俩又都没有父母,我们只有好好团结才行。"

艾力的话更加打动了村民们的心,他们认为艾力的态度是对的。所以,村里艾力的朋友就更多了。

艾力长成年以后,因为他心眼好,村里的姑娘都很喜欢他。大脖子,长相不好看,又不是什么大问题。在山区,老实厚道和努力向上才受人喜欢。所以,克钦族人有一句成语叫作"贪美则吃不到饭"。就这样,艾力和一个同他一样老实的姑娘相爱了。

艾路呢,不仅大脖子,而且心眼儿很不好,在村里几乎没有什么朋友,当然也没有恋人了。他听说艾力已经有了意中人,心里很是嫉妒,心想:艾力要是结婚的话,我也得跟着受累。于是艾路开始盘算起和艾力分家的事。

"艾力,你我也都长大了,再在一起过也不划算。所以,咱们分家吧。"艾路对艾力说。

"那……好吧。"既然艾路这么说,艾力只好同意了。

分家的时候,虽然表面上显得很公平,但是,艾路得到的却很多。由艾路负责保管的钱财,艾路不说真话,用假账目分钱,他私贪了很多。

经济上分完以后,艾路几乎成了一个小富翁。他在村子里开了一个小卖店,卖日用小百货。艾力还是一个穷人,仍然一无所有,生活依旧很贫寒。

但是艾力不灰心,不气馁。他决定仍然和从前一样,每天到森林里去摘对叶榕树果子,拿到城里集市上去换盐,然后在村子里卖。他的朋友们也都来帮助他,帮他盖了一所小房子。艾力的未婚妻也鼓励他。就这样,艾力用辛勤的汗水积攒了一些钱,并把钱放在他的未婚妻那里保管。

有一次,在集市上发生了一件非常奇怪的事情。那天,艾力照样担着对叶榕树果子到城里去换盐。他换的盐特别多,装了满满两大筐,挑起来很吃力。在上山的路上,他不时地歇歇脚,所以耽误了时间。当他走到一片墓地的时候,天色已经黑下来了。艾力心想,反正天已经黑了,没有什么了不起的,干脆就在这儿睡觉。于是,他放下担子,在墓地前面一棵大树下躺下了。他又饿又累,刚一躺下,立刻就睡着了。

他足足睡了一整夜,第二天天快亮时,他做了一个奇怪的梦。梦中,他看见有三个老太婆向他走来。

"嗨,年轻人,你从哪儿来,到哪儿去?"其中一个老太婆问道。

艾力就把进城用对叶榕树果子换盐,现在要回家的事情告诉了老太婆。

"嗨,年轻人,你是穷人呢,还是富人呢?"一个老太婆又问道。

艾力回答说,他很穷,但是很有力气,能劳动,所以糊口没有问题。

另一个老太婆什么也没有问,拿起扁担掂量了一下,因为很重,老太婆费了很大的劲儿才把担子担起来。然后,只见三个老太婆凑到一起小声地嘀咕些什么,艾力一点儿也听不见。

然后,年纪最大的一个老太婆对艾力说道:"你到我们这儿来玩,我们很高兴。我们缺一个打水用的罐子,你能给我们吗?"

"罐子我没有带来,只有装盐的筐。如果你们需要,下一次我一定给你们带来一个。"艾力微笑着回答。

　　"你明明带来了,为什么说没带来? 难道你不想给我们吗?"一个老太婆用手指着艾力的脖子说道。

　　"我不是不想给,因为这不是罐子,这是我的大脖子病。"艾力一边用手摸着自己的脖子,一边回答。

　　"想给就给,别说一些模棱两可的话。"另一个老太婆摸着他的脖子说道。说着说着,老太婆用手把艾力脖子上的大疙瘩给揪下来了。艾力竟然一点儿都没有感到疼。

　　这时候,艾力一下子从梦中惊醒。睁眼一看,天已经大亮,树上的鸟儿已经在唱歌了。三个老太婆也已经不见了。使他惊奇的是,他脖子上的大疙瘩真的没有了。艾力真是乐不可支,挑起担子快步如飞,向村子走去。

　　没有了大脖子病变得非常帅的艾力回到了村子,人们都惊奇地围过来看他,艾力也就把他遇到的一切都告诉了村里的人。大家都为艾力高兴,都说吉人自有天相,心地善良的人连大脖子病都能治好,艾力的未婚妻高兴得简直没法形容。

　　全村不高兴的人只有一个,那就是艾路,他很嫉妒艾力。他虽然很有钱,但心情却很不好。他决定,为了去掉大脖子病,他也要像艾力一样去试一试。

　　说话又到了下一个集日。艾路摘了一点儿对叶榕树果子,装到两个筐里,挑着跟在艾力后面。到了集上,因为艾路只摘了一点点果子,所以他只换了一点点盐巴。他的如意算盘是,跟着艾

力走,在艾力睡过的墓地里睡上一觉,然后像艾力一样,大脖子病就会消失了。

从集市回来路过墓地的时候,天还没有黑,因为艾力今天的担子也不太重,到达墓地的时间提前了。这时,艾路问他是在哪棵大树下睡的,艾力照实告诉了他。

"但是,现在天色还早,回村子还来得及。你故意留在这里睡觉,好不好呢?"艾力问道。

"当然好了。我不也是像你一样,为了治好大脖子病才来到这里睡觉的吗? 最重要的是,老太婆来问的时候,能像你一样回答。你要老老实实告诉我,你是怎样回答的。"艾路急切地说道。

艾力是个心地善良的人,他把自己所遇到的情况一一向艾路说了一遍。说完以后,艾力祝愿艾路一切顺利,然后自己回家了。

艾路可不像艾力那么心地善良。在大树底下等待天黑的时候,他还在想:等我大脖子病好了以后,我比艾力有钱,当然要比艾力强多了。到时候,一定要把艾力压下去。

过了一会儿,天黑了下来。艾路拿出了从城里买的点心,吃了起来,然后盖上了事先准备好的毯子,舒舒服服地进入了梦乡。

早晨,天快亮的时候,同艾力一样,他也做了一个和艾力同样的梦。梦中,有三个老太婆向他缓缓走来。

"嘿,年轻人,你从哪儿来,又到哪儿去呢?"一个老太婆问道。

艾路知道他梦见的跟艾力一样,所以,心里有说不出的喜悦,竟一下子不知道说什么好了,好半天才控制住自己。

"我进城去用对叶榕树果子换盐。现在想回村子。"艾路像艾力一样回答。

"嘿,年轻人,你是一个穷人呢,还是一个富人呢?"另一个老太婆问道。

"我很穷,但是,我有力气,能劳动,所以,糊口没有问题。"艾路虽然和艾力回答得一模一样,但是因为他在骗人,所以声音显得有点儿不自然。

最后一个老太婆什么也没有问,而是拿起艾路的扁担掂量一下,由于很轻,所以很容易担起来。

然后,三个老太婆小声商量着,当然,艾路什么也听不见。

"我们有一个打水罐是多余的,你拿去用吧?"一个老太婆说道。

因为艾力说的话里面没有这句话,艾路张口结舌,不知道怎么样应对。这时,另一个老太婆用手指着艾路的脖子说道:"他会拿的,他自己也有一个这样的罐子,当然喜欢拿走了。"

艾路还是不知道说什么才好。只见最后一个老太婆手里拿着一个像罐子一样的东西,往他的脖子上安。

这时候,艾路一下子从梦中惊醒过来。天已经大亮了,鸟儿也唱起了晨歌,三个老太婆也不见了。更令人奇怪的是,艾路的脖子上不是一个大疙瘩,而是两个大疙瘩了。

"嘿,老太婆们,快把你们给我的罐子拿走,我不要!"艾路声嘶力竭地喊着。

可是没有人理会他,艾路气得快要发疯了。他垂头丧气地回到了村子,村里的人纷纷围上来。艾路本来不想说出缘由,但是不说不行。村民们听了,不禁哈哈大笑,他们说:"心地善良的人,好心必有好报;心怀邪恶的人,坏心必有恶报。"

六棵芋头和六个哥哥

很久以前，在一个国家里有一位国王。国王有两个王后，一位是东宫娘娘，另一位是西宫娘娘。东宫娘娘怀有身孕，就要临产了。偏偏在这时，国王却要外出狩猎。临行前，国王对西宫娘娘吩咐道："如果东宫娘娘生了个男孩，把金链子拴在门上；如果生了个女孩，就把银链子拴在门上。"说完，国王就出门打猎去了。

一天，东宫娘娘分娩了。她生了六位王子和一位公主，一胎总共生了七个孩子。西宫娘娘见东宫娘娘一胎生了七个孩子，心生嫉妒。她偷偷地把七个孩子放到一个大罐子里，在码头上把罐子放到河里，让大罐子顺水向下游漂去。

不久，国王狩猎回来了。西宫娘娘立刻向国王禀报，说东宫娘娘分娩了。国王听了，心中大喜，就问是用金链子拴门了，还是用银链子拴门了。

这时，西宫娘娘说："禀报国王，既没拴金链子，也没拴银链子。"

国王听了,觉得诧异,就又问道:"王后,我明明吩咐得很清楚,为什么既没有拴金链子,也没有拴银链子呢?"

只见西宫娘娘装出一副难过的样子说道:"回禀国王,东宫娘娘既没有生下男孩,也没有生下女孩,而是生下一块块的肉。"

国王听了,恼羞成怒,立刻把东宫娘娘贬为浇花女,命其给御花园里的花浇水。

再说,被西宫娘娘放到河里的大罐子,漂呀漂,顺水漂到了建在河岸边的一对渔民老夫妇的房子前。渔民老头儿用网把大罐子打捞上来,发现大罐子里面竟然有七个十分可爱的小孩子。老头儿把小孩子从大罐子里面取出来给老太婆看。老太婆一看孩子们长得很漂亮,心想这些孩子们很可能是国王的后裔。于是,老太婆不敢留下孩子们,生怕国王知道了降罪下来,便把孩子们悄悄地放到一座寺庙旁。孩子们哇哇地哭起来。寺庙里的小和尚们听到哭声以后,便禀报住持和尚。住持和尚来到了小孩子们被丢弃的地方,看见孩子们哭得很可怜,产生了恻隐之心,就命小和尚把小孩子们抱回了寺庙,精心地抚养。

时间过得很快,一天又一天,一年复一年,七个小孩儿慢慢长大成人了。一天,在寺庙里听经守戒的国民们看见六个王子和一个公主,非常惊讶。他们纷纷议论着,一传十,十传百,消息不胫而走,很快传到了国王和西宫娘娘耳朵里。西宫娘娘知道这七个孩子就是当年她用罐子扔到河里顺水漂走的东宫娘娘生的王子和公主。由于害怕事情暴露，她就赶紧对国王说："国王陛下，在寺庙里长大的六个男孩和一个女孩是叛逆者，他们想造反。"国王信以为真，下令即刻缉拿他们并处以死刑。

按照国王的命令，军士们到寺庙里抓来了六位王子和一位公主。僧侣们见到由他们抚养成人的孩子们被抓走了，心里十分难过。他们赶到宫殿，向国王求情。国王的话一言九鼎，金口玉言，哪能随便更改呢？不管僧侣们怎么求情，国王就是不同意。僧侣们没有办法，只好请求国王允许他们把孩子们的尸体收回去，埋在寺庙里。国王应允了。

刽子手们奉命处死了六位王子和一位公主。僧侣们将他们的尸体抬回寺庙，埋在寺庙的院子里。

一天，埋有王子的地方长出了六棵芋头，埋有公主的地方长出了一棵铁力木树。铁力木树很快就长大了，繁花满枝头。很多人见了，都忍不住想摘花。但是，不论你往树上爬多高，你也摘不到花，因为你爬多高，树就长多高。

宫廷里的国王和西宫娘娘听到这个消息以后，马上命人鸣锣下旨：如有人能摘下这棵树上的铁力木花，将有重赏。

村民们听说有重赏，都争先恐后地去摘花。可是，铁力木树越长越高，无论是谁也摘不到树上的花。

国王知道了就想亲自试一试。他来到了铁力木树旁。这时，只听铁力木树叫道："六棵芋头，六位哥哥！"

"妹妹,铁力木树!"六棵芋头同时应声道,"你想干什么呀?"

铁力木树又说道:"国王来摘花啦!"

"你尽管往高长,你尽管往高长!"六棵芋头忙说。

铁力木树又长高了。国王怎么也摘不到铁力木树上的花。他突然想到还有一位寺庙住持和尚,就叫住持和尚给他摘树上的花。

这时,铁力木树又喊道:"六棵芋头,六位哥哥!"

"铁力木树妹妹,你有什么事呀?"六棵芋头忙问。

"住持和尚要来摘花了!"铁力木树说道。

"低下头,低下头!"六棵芋头回答道。

因为铁力木树弯下了树头,住持和尚很容易就摘到了铁力木花。这时,只见铁力木树马上变成了公主,六棵芋头也变成了六位王子。王子们和公主把自己的遭遇向国王诉说了一遍,国王才知道原来他们是自己的儿子和女儿,心里既高兴又难过。

国王知道这一切都是西宫娘娘造成的,就降旨把西宫娘娘推出城门斩首。然后,国王把王子和公主接回宫中,又把在御花园中浇花的东宫娘娘请了回来,重新封为王后。从此,国王一家人过着十分幸福美满的生活。

编箩的穷小子

从前,一位国王有七个女儿,其中六个均已出嫁,分别嫁给了邻国的王子或富商的公子,只剩下最小的,也是最漂亮的女儿尚未出嫁。邻国未婚的公子王孙听说小公主貌若天仙,气质高贵,又聪明伶俐,纷纷带上贵重的礼物前来求婚。

前来求婚的公子王孙太多了,国王心想:如果我将女儿许配给众多公子王孙中的一位,势必引起其他人的嫉恨,我得想个计策才行。于是国王宣布:"无论是谁,无论富贵贫贱,只要他能在我面前说出我从未听说过的话,我就将女儿嫁给他。"

消息传开后,从邻国的国王,到财主,甚至穷小子,为了得到公主,他们纷纷上殿,向国王讲述自己听过的熟悉的故事。这时,国王就说这些话都是他听过的、知道的。

邻国的王子们不气馁,今天通不过,明天再接再厉。一天,有一位王子说他拥有一个一眼望不到边的海岛。另一位王子接着说:"是的,这海岛的土地非常肥沃,如果将我们国家的青菜栽在那里就太好了。我们国家的青菜大极了,一片菜叶就能将三座大镇子的天遮住。这样的青菜种在这样的海岛上正合适呢。"

又一位王子接着说:"是的。我们国家出产锅。有一口小锅人们不用,放在一边,用来煮青菜正合适。这口锅倒也不是很高,把它放在架子上的话,抬头一看,包头巾都会掉下来。据说这口锅有天那么高呢。"

还有一位王子接着说:"真是太好了!我正好有一把大勺子,也扔在一边呢。用我的大勺子舀菜正合适呢。要把这把大勺子从厨房里拿出来,得用七头大象来拉呢。"

最后一位王子说:"太好了!我刚刚听你们说到锅和勺子,好像还没有一个能和这口大锅相配的锅盖。我这里正好有一个这样大的锅盖。如果国家发生战争,可以用这个锅盖将人民都罩起来,使人民避免战争的危害。"

国王仔细地听完王子们的话,然后说:"你们说得很好,但都是我听说过的。"

这时有一位同大家一起来的,什么都不在乎,对公主也没兴趣的王子,听了同伴们不着边际的胡言乱语,实在听不下去了,说道:"这样安排岂不更好?在一号王子的海岛上种二号王子的青菜,等青菜长大后,放在三号王子的锅里,再盖上四号王子的能躲避灾祸的锅盖煮,煮好以后,用五号王子那用七头大象才拉得动的勺子盛出来,在小公主的婚宴上请大家吃。"说完这人就满不在乎地离去了。可是,其他的王子还不离去,准备再接着努力。

这时,在一个镇子里,有一个编装米的大箩和竹篮、竹筐的未婚小伙子听到了国王招驸马的消息,也决心努力得到远近闻名的美貌的公主。他仔细询问那些从王宫失败而返的人都说了些什么,国王又是怎样回答的。

一天,编箩的穷小子想出了一个好办法。他编了一个很大的箩,然后把它抬到王宫里面去见国王。

一见到国王,他就毫不迟疑地说:"尊敬的国王陛下,很久以前,我的祖先非常富有,您的祖先就向我的祖先借了像这只箩大小的七箩黄金、七箩白银和七箩宝石,至今已有四代了。那时您的祖先就起誓说,如果他们无法归还,就让他们的后代来还。"

这时国王心想:如果是真的话,就得还太多的债了。于是国王说:"我不知道这件事,从未听说过。"

编箩的穷小子又勇敢地对国王说:"国王陛下,我因为太贫穷了,才来向您讨债的。您说不知道、没听说过,那也没关系,我只希望您能遵守诺言——我说出了您从未听过的话,请将您的女儿嫁给我。"

听了编箩的穷小子的话,国王无言以对,垂头丧气地想着对策。这时,听众们说:"伟大英明的国王,如果编箩的穷小子所说的话您从未听说过,那么就请您遵守诺言,将公主嫁给他吧;如果他所说的话您曾从祖先那儿听说过,就请将您欠他的债还给他吧。"

国王听了民众的话，心想：我曾向全国宣布，只要能说出我从未听过的话，就将女儿嫁给他。现在编箩的穷小子说出了我从未听过的话，如果我当众宣布自己听说过他的话，那么就可以不将女儿嫁给他，但那就意味着我将偿还祖先欠下的债务，那可不是一点点啊，像他的箩那么大的七箩黄金、七箩白银和七箩宝石，足足要花费我国库里六个房间的财富。这个穷小子很聪明，如果招为驸马，不会受穷的，又能避免各国由于争夺公主而可能产生的危机，我又遵守了自己的诺言。于是，国王宣布："这个编箩的穷小子的话我从未听说过，也毫不知情，所以我要遵守我的诺言，将女儿嫁给这个穷小子。"

之后，国王在新建好的宫殿里为女儿和穷小子举行了婚礼，前来参加婚礼的宾客都夸赞国王信守诺言。

那时，从事国际贸易是一件很荣耀的事，不仅富商阔贾，就连皇亲国戚也加入进来。国王的六个驸马就用船进行国际贸易，他们原本就是王子或阔少，资本雄厚。可是，穷小子一无所有，无法做买卖，小公主的六个姐姐就都对她冷嘲热讽。心地善良的小公主对姐姐们的冷言冷语毫不在意，她只相信自己的命运，认为自己既然命中注定要和穷小子结为夫妻，那么重要的就是要守妇道。所以，她总是将姐姐们的冷嘲热讽当作耳边风，毫不在意。

贪财的国王看到其他的驸马都会做买卖赚钱，唯有最小的驸马却整日闲待着，什么也不做，就看不惯了。终于有一天，他忍不住把小女儿叫到身边,让她督促编箩的穷小子也像其他的驸马一样去赚钱。

小女儿说道:"父王,其他的驸马从前不是王子就是阔少,都很富有。我命中注定嫁给了穷人,这也是您一手安排的呀。如果您想让他做买卖,就请您从国库里拨些钱给他做本钱吧。"

国王认为小女儿言之有理,便从国库中拨出一些银两给编箩的穷小子做本钱。

公主回到家将银两交给编箩的穷小子,说:"我父王想让你做买卖,所以给了你一些本钱。请用这些本钱,加上你的智慧,努力让父王满意吧。"

编箩的穷小子接过公主手中的包袱,说:"我想这些本钱对我没什么用处,因为我对做买卖不感兴趣,我只想干农活。我将努力用父王给的钱找一块地种,这比做买卖要开心得多,赚的钱也多。"

于是编箩的穷小子就用国王给的本钱买了葫芦、冬瓜、黄瓜、大豆、玉米等各种作物的种子,然后,当其他的驸马准备乘船前往国外做买卖时,他就请求他们顺便捎上自己。

编箩的穷小子带着种子在海上航行了六天,第七天,他看到了一个大岛。于是他就让其他驸马将自己放在岛上,等他们卖完货物返航时再将自己捎上。驸马们同意了,便让船在这个荒无人烟的海岛上靠岸,等到编箩的穷小子抱着他那装满种子的包袱下了船,就又扬帆远去了。

编箩的穷小子一上岸,便把种子种下。作物没长大之前,他就拿剩下的种子做口粮。一个季节过后,编箩的穷小子种植的作物都长大了,不久便开花结果了。

等到编箩的穷小子种的粮食成熟的时候,住在岛上的五百只鸟儿便来到他的地里,又吃粮食,又搞破坏。

编箩的穷小子看到这些鸟儿不仅吃粮食,还搞破坏,非常气愤,就设下一个圈套,将鸟王抓住了。

鸟王怕得要命,为了活命,它便许诺编箩的穷小子:"如果你放了我,我就给你非常值钱的宝贝。"

听了鸟王的话,编箩的穷小子说:"好吧。但我可不能这么轻易就放了你,你得先将你所说的宝贝放在我的眼前才行。你不仅到我的地里吃庄稼,还搞破坏,对你这种鸟,我可不能轻信。"

鸟王说:"我是这岛上五百只鸟儿的大王,你应该相信我。"接着,鸟王发出了尖锐的叫声,把鸟儿都召唤到面前。鸟王命令鸟儿们道:"你们听着,为了将我救出去,你们回到我们住的山洞里,每只鸟叼一颗人类视作宝贝的宝石来。"

接到命令,鸟儿们便全飞走了。不一会儿,鸟儿全都叼着红宝石回来了。鸟王对编箩的穷小子说:"你看,我说话算话,将宝贝拿来了,请将我放了吧。"编箩的穷小子也说话算话,将鸟王放了,还特许鸟儿在他地里随便吃粮食。这样,他和鸟儿们就成了好朋友。

编箩的穷小子得到了五百颗价值不菲的红宝石,就打算回家了。但为了宝贝的安全,得想个好办法。为了藏宝贝,他在海岛上四处乱转,看到一堆野牛的粪便后,便将牛粪拿回来,压成薄片,并做上记号,有些里面藏有红宝石,有些里面什么也没有,然后放在地上晒。就这样,他把五百颗红宝石全部藏到牛粪里了。他又编了一只大箩,将牛粪全装进去。

编箩的穷小子为了回家,整天盼着过路的船只。一天,一只船停靠到岛上,这只船正是驸马们的船。他们已将带去的货物卖掉,又买回了国外的丝绸布匹和天鹅绒。返航时,他们信守诺言,来接编箩的穷小子了。

编箩的穷小子挑着装满牛粪的大箩上了船。其他驸马看见了牛粪全都笑话他。因为海上风平浪静,船走得很慢,时间耽搁久了,船上烧火做饭用的柴就不够用了,六位驸马只好向编箩的穷小子借干牛粪用。

编箩的穷小子说:"可以借给你们,但回家后一定得还给我。"

驸马们说:"只不过是些牛粪嘛,一定还你。"

编箩的穷小子便把那些做了记号,没有红宝石的牛粪借给他们当柴烧。

当他们的船在自己的国家靠岸时,公主们都前去迎接自己的丈夫,六位公主拿到了国外稀罕的丝绸、天鹅绒等礼物。小公主的丈夫却只带回了一箩牛粪,姐姐们一个劲儿地骂他是懒虫和笨蛋。

小公主和丈夫一句话也不说,安静地回到家里。这时,编箩的穷小子将一块牛粪掰开给妻子看,小公主看到牛粪里熠熠闪光的红宝石,高兴极了。

第二天早上,编箩的穷小子和妻子带上一大箩牛粪进了王宫。这时正在上朝,其他六位驸马也各自带着从国外买回的丝绸、天鹅绒站在国王面前。

国王接受了六位驸马献上的丝绸、天鹅绒等礼物,连连夸赞他们精明能干。最后,小驸马献上了自己的礼物———一箩牛粪。

国王恼羞成怒,抓了三四块牛粪向小公主砸去。牛粪没砸着小公主,却砸到了墙上,裂了开来,红宝石滚落在地上。看到这种情形,国王静下心来,询问为何要将红宝石放在牛粪里。

编箩的穷小子回答道:"在这箩里有五百颗价值连城的红宝石,因为担心在路上被别人知道会有危险,所以我将红宝石放入牛粪里晒干后带回来了。"

这时,六位公主因为自己说过的错话而感到脸红,又因为自己的丈夫带回的礼物无法同编箩的穷小子的礼物相提并论,羞愧得不敢抬头。

六位驸马想到他们借去烧火的牛粪里都含有无法估价的红宝石,个个吓得瑟瑟发抖。

国王望着六位驸马羞愧的样子,说道:"孩子们,各国的公子王孙都无法办到的事情,竟被这个编箩的穷小子办到了,所以我将小公主嫁给了他;在赚钱方面,你们也都看到了,他确实无与伦比;他是一个宽容大量、智慧过人的人。我死了以后,不能将王位传给你们这些妒忌成性的人,只能传给他。所以,为了长远打算,我决定立他为王储。"

编箩的穷小子当上王储之后,心想:我不贪图王位,我还是到我的好朋友鸟王所在的岛上去种地吧,等老国王仙逝后再回来。于是他将王储的位置交给其他六位驸马,自己和妻子一起,带上一些家丁,到鸟王的岛上去了。

鸟王很高兴,率领五百只鸟儿前来迎接。编箩的穷小子在岛上种了粮食,请鸟儿们吃,鸟王也将山洞里剩下的各种宝石全部送给了他。

编箩的穷小子和妻子在岛上过着快乐的生活,直到老国王仙逝。六位驸马为了争夺王位,互相残杀,相继死去。这时,编箩的穷小子才带上洞里的财宝回来,成为最富有的国王。

貌 保 健

貌保健在学堂里上了三年学,可什么也没学会,只好回老家父母那里。临行前,迪达教授赠他三句话:"走得多了,就能到达目的地。问得多了,就能增长见识。坚持活动,就能长寿。"

虽然貌保健什么也没学会,但是临回家前,老师给他的赠言,他牢牢地记在心里。

回家的路上,他决定到太公国①去看一看。因为没有多少盘缠,他不得不步行去。到太公国的路途很遥远,走着走着,貌保健有点儿灰心了。他真的累极了,实在不想去了。但就在这时,他想起了分别时老师赠给他的一句话:"走得多了,就能到达目的地。"于是他又坚持着继续往前走。

到了太公国以后,他迷路了。这时,他又想起了分别时老师赠

---

① 太公国:缅甸古代最早建立的部落国家,据缅甸《琉璃宫史》记载,建于公元前 6 世纪,位于缅甸北部太公一带。

给他的一句话:"问得多了,就能增长见识。"所以,他就一边问一边走,听到了一条关于这个国家的消息。

这条消息是:统治这个国家的是一位王后。这位王后和很多男子结婚,但是不知为什么,每逢新婚之夜,新郎就会不明不白地死去。所以,这个国家至今还没有一个想当国王的人。

貌保健听说这个国家急缺一个国王,不由得心里暗自高兴。"我来当国王,我来跟王后结婚。"貌保健非常严肃地对大臣们说道。

大臣们听了心中大悦,立刻给貌保健与王后举办了婚礼。貌保健就成了国王。

当上了国王以后,貌保健想起了分别时老师赠给自己的另一句话:"坚持活动,就能长寿。"下午,他亲自到香蕉园里砍了一根香蕉树,将香蕉树干拿回宫殿里,放到自己睡的龙床床底下。

到了晚上,貌保健躺在龙床上,假装睡着了。王后走进来,脱衣上床,不一会儿也睡着了。等王后睡着以后,貌保健翻身起床,将藏在龙床床底下的香蕉树干轻轻地拿出来,放在龙床上,然后用丝绒毯将香蕉树干蒙上,看上去就好像国王在床上睡熟了一样。这一切都弄好以后,貌保健藏在暗处细心察看。

过了一会儿,出来一条大龙,它一口咬住了香蕉树干,由于用力太大,咬进香蕉树干的牙齿竟一时拔不出来。这时,躲在暗处的貌保健拔出短剑,一剑砍死了那条大龙。翌日一早,大臣们看见国王还活着,不由得万分惊喜,王后却很难过。

王后给貌保健出了一个谜语,并说:"如果国王解不出这个谜语,王后就可以把国王杀掉。而如果国王解开了这个谜语,那国王就可以把王后杀掉。"王后还说,可以给国王四十天的思考时间。

王后给国王出的谜语是:"给一千可以剥,给一百可以缝,爱人的骨头做发簪。"

貌保健千思万想,怎么也解不出这个谜语,文武百官也解不了。如果过了四十天,貌保健还解不出这个谜语,王后就要把他杀死。为此,貌保健整日里愁眉不展。

这时,貌保健的父母听说儿子当上了太公国的国王,就千里迢迢到太公国寻子,他们带了许多干粮,准备路上食用。

路上,貌保健的父母拿出干粮来吃,但由于着急见儿子,他们无论如何也吃不下,便随手把干粮扔在路边。一对乌鸦夫妻看见了,飞过来捡吃干粮,它们边吃边聊。不料,乌鸦夫妻说的话全被貌保健的父亲听见了。

雄乌鸦说:"我说老伴,今天我们倒是吃饱了,那明天该怎么办呢?"

雌乌鸦说:"没关系。明天,太公国的国王回答不出王后的问题,就要被砍头。所以我们不是又有吃的了吗?

貌保健的父亲能听懂鸟语,他为儿子而担忧。

貌保健的父亲又继续听乌鸦夫妻的谈话。

雄乌鸦说:"这么说,这道谜语对国王来说一定很难喽?"

"不难,挺简单的,只是国王猜不出来罢了。'给一千可以剥',是说王后的爱人——那条大龙,如果给一千元的话,就可以把龙皮剥掉;'给一百可以缝,是说那条大龙的皮,如果给一百元的话,就可以缝制衣服;'爱人的骨头做发簪',是说把自己爱的人——大龙的骨头做成发簪,戴在头上。"雌乌鸦回答说。

貌保健的父亲——记住了乌鸦夫妇的对话,急忙向太公国赶去。

到了太公国以后,貌保健的父亲立刻把乌鸦夫妻的对话告诉了貌保健。貌保健听后非常高兴,马上把谜底告诉了王后。

虽然,按照约定,貌保健猜出了谜语就可以杀死王后,但是他没有这样做,而是免除了王后的死罪。

富翁的遗言

从前,在一个村子里,住着一位颇有学识的富翁。他膝下只有两个儿子。富翁快死的时候,把两个儿子叫到跟前,嘱咐说:"好孩子,爸爸死了以后,你们就要各自谋生了。可有几件事请你们务必要记牢:村村建粮仓,屋后开店堂,吃一百个头,一日换三次筒裙,不懂就问有三个脑袋的人。"

富翁死了以后,小儿子只是肤浅地理解父亲的话,在各个村子里都修建了粮仓;在自己屋后开了一个店铺做买卖;每天都买猪头、鸡头、鸭头、鱼头等足足一百个头来吃;每天还换三条筒裙穿。所以,没过多久父亲给他留下的遗产都被他花光了。

大儿子心想,父亲的话一定有深刻的含义,绝不能简单理解,草率从事。为了真正弄懂父亲所讲的话,必须照父亲说的那样,首先去寻找有三个脑袋的人,把父亲的话弄清楚。

过了好久好久,富翁的大儿子终于在一个村子里遇见一位德高望重的驼背老人。老人正盘腿坐在屋前的一张竹榻上。由于背

174

驼，一个脑袋好像埋在两个膝盖中间。

　　从远处望去，那位老人活像是长着三个脑袋。富翁的大儿子高兴了，心想：难道父亲说的三个脑袋的人就是这位老人吗？于是他急忙走向前去给老人叩拜行礼，向他请教父亲遗言的含义。

　　老人听了，微微一笑，说道："我的孩子，'村村建粮仓'，意思是你要在每个村子里结识一个好朋友，以后有事外出，走到哪里你都有个歇脚的地方，你就不用为吃饭担忧和花钱了。"

　　"'屋后开店堂'，那是让你在屋后种些黄瓜、倭瓜、蛇瓜、蕹菜、玫瑰茄等蔬菜，这样不仅自己不用到市场买菜吃，而且还可以拿出一部分出售，你也就有长久的收入了。"

　　"'吃一百个头'，就是让你去买价钱很便宜的虾、泥鳅等小鱼虾吃，你只要花两分钱就能买来一百多个头，花费少了，钱就可以积攒起来了。"

　　"至于'一日换三次筒裙'，是说你身上系的筒裙不要老穿一个地方，那样老是损磨一处，筒裙容易破损，所以每天得转筒裙三次。"

　　"所谓'不懂就问有三个脑袋的人'，就是指我这样的驼背人，一只脑袋能放在两个膝盖中间的老人。因为年纪大的人见识广，能明辨是非。"

　　富翁的大儿子听了老人的回答感到非常满意，回家后就遵循父亲的嘱咐勤俭度日，一生都过得愉快幸福。

恢复原状

青年貌波几乎每天都到村旁的森林里去玩。渐渐地,他和森林里的动物彼此熟悉起来,相处得很好,尤其是和一只老虎,简直是亲密无间,形影不离,整天在一起。

虽然貌波是真的对那只老虎有感情,那只老虎却和他不一样,怀着不可告人的目的和貌波套近乎。

有一天,老虎对貌波说:"喂,貌波朋友,你领我到村里去吧?"

"不行啊,朋友! 因为你经常吃村里的黄牛和水牛,村里的人都很恨你。"貌波回答。

"你不领我去,我自己去。"老虎又说道。

下午,貌波回村的时候,老虎远远地跟在后面。在村头,老虎趁人不注意,捉了一头牛吃了。

第二天早上和老虎见面的时候,貌波对老虎说道:"朋友,昨天下午你还算幸运,没有被人发现。今天你可别再来了。村里人挖了陷阱,要抓你。你要是来了,可能会遇到麻烦。"

176

老虎对貌波的提醒不当回事，一笑置之。

就在那天下午，吃惯了嘴的老虎又进了村，它正想去咬一头牛，却掉进了村民们设置的陷阱里。村民们对这只老虎恨之入骨，把它牢牢地关在陷阱里，要把它活活饿死、渴死。

貌波虽然对他的朋友老虎被捉住心里很难过，但是，他哪敢和村民们作对？他没有任何办法把老虎从陷阱中解救出来。

老虎被捉住的第六天头上，它饥饿难忍，就在陷阱里不断地大声喊叫、呻吟。貌波听了，心如刀绞，心想：我也不管那么多了，村民们爱骂就骂，爱打就打吧。想到这里，他孤注一掷，立刻打开了陷阱的门，放出了被捉住的老虎。

貌波对老虎说："朋友，趁村民们还没有来，你赶快跑吧！"

这时，老虎却对貌波说："谢谢你啦，朋友。我已经整整六天没有吃东西了，实在饿死我啦！现在，别的什么吃的都没有，原谅我，我只好先把你吃了，充充饥吧。"

"你为什么要吃我呀？我可是你的救命恩人呀！"貌波极力分辩道。

"我不懂什么恩人不恩人的，我真的是饿极了，我只知道我饿了就必须立刻吃肉！"老虎大声说道。

"那么，你给我找一个法官吧。如果法官断定你应该吃我，你就把我吃了吧。"貌波无可奈何地乞求道。

就这样，貌波与老虎一起出来找法官。路上，他们发现了一个牛的头盖骨。貌波把事情的原委向牛的头盖骨说了一遍，请它裁决。

牛头盖骨裁决道："世间没有什么恩惠的道理。人，长年累月地驱使我为他们干活，等到我老了，身体有病的时候，他们就把我宰了。那么，我给他们干活的恩情在哪儿呢？所以，对你们人来说，你们是不懂得什么是恩情的。因此，我们动物也不必知道有什么恩情。老虎，你可以吃掉貌波。"

老虎听了，就要马上把貌波吃掉。貌波又乞求道："再找一位法官好吗？"老虎同意了。

就这样，貌波和老虎又继续往前走，去寻找法官。他们碰见一棵大树，请它当法官。貌波把全部情况又向大树讲了一遍。

大树说道："所谓恩情是没有的。人在炎热的天气里都到我这儿来乘凉，凉快以后，就把我的树枝给折走了。那么，我给他们乘凉的恩情又到哪儿去了呢？所以，老虎，你可以吃掉貌波，不必顾忌他对你有什么恩情。"

这时候，老虎又准备吃掉貌波。貌波又一次乞求老虎，再去找一位法官。老虎又同意了，不过，老虎说这可是最后一次了。

由于是最后一次机会了，貌波有点儿灰心。他们又继续往前走，看见一只兔子，就请它当法官。

小兔子听完他们讲的情况后，对他们说："我又不知道事情发生在什么地方，当时的情况又是怎么样，我怎么能给你们裁决呢？

所以,需要你们领我到事发地点去实地察看一下。"

貌波和老虎听了以后,就把兔子领到了老虎被抓住的陷阱旁边。

小兔子装模作样地看了看现场,又问道:"好,现场我看过了。那么,当时,貌波在什么地方,老虎又在什么地方呢?"

饿极了的老虎心里想:快点把案子审完,我就可以快点儿吃掉貌波。于是老虎马上钻进了陷阱,对小兔子说:"我当时就在这儿。"

"老虎在陷阱里的时候,陷阱的门是开着的吗?那么,你,貌波又在什么地方呢?"小兔子又问道。

"陷阱的门当时是关着的。"老虎迫不及待地说。

"我当时是在这个地方。"貌波说着走到了陷阱的旁边。

这时,小兔子法官说道:"既然当时陷阱的门是关着的,那你倒是把它关上呀!哎,貌波,你快把门关上!关上以后,再打开让我看看。"小兔子急切地命令道。

貌波把陷阱的门关上了。老虎在陷阱里想:门反正还是要打开的。所以,老虎老老实实地待在陷阱里,没有作声。

这时,只见小兔子法官慢慢地走到陷阱旁,大声地开始了它的宣判:"这就是我的判决。现在,貌波回到他原来的地方,老虎不是也回到它原来的地方了吗!这就叫作恢复原状。貌波,你千万别再把陷阱的门打开了!"

　　小兔子说完就向森林中跑去。貌波也离开了那只曾经背叛他的老虎,愉快地回家了。没有几天,老虎就活活地饿死了。

小兔子智救大象

一天,一些八哥在木棉树上纵情地歌唱。此时正值木棉花盛开之季,鸟儿在树上一面欢唱,一面品尝着木棉花和蓓蕾的清甜。

这时,一头大象和一只老虎来到树旁,听到鸟儿优美婉转的歌声,十分嫉妒。大象便对老虎说:"咱们比比看,看谁能使八哥停止歌唱,谁就是胜者。胜者可以吃掉败者。"老虎欣然同意。

先是大象长鸣了三声,它声嘶力竭,用尽全力,而八哥却无动于衷,依然在枝头欢快地歌唱。

老虎轻蔑地淡淡一笑,接着说道:"现在该轮到我啦,我要吼叫了。"于是老虎大吼了三声,它的吼声震撼了整个森林,仿佛大地都在颤抖。在它吼叫的那一刻,林中的鸟儿全都怔住了。四周鸦雀无声,就连木棉树上的八哥也停止了歌唱。

于是老虎非常自负地对大象说:"我赢了,现在我可以吃掉你啦。"

大象悲伤极了,眼泪从它的脸上唰地流下来。它对老虎央求道："我认输了。但是请你现在不要吃掉我，让我回家和妻子儿女告别一下，一个星期之内我一定回来。"

老虎答应了大象的请求，让它回家与妻子儿女诀别。老虎对大象说："七天一到，你必须回到这里来，那时我再吃掉你。"

大象返回家后，到了第七天又无可奈何地回来了。它哭丧着脸，看上去怪可怜的。这时，一只兔子出来寻找食物，它遇见了大象。

"大象先生，"兔子说道，"你为什么闷闷不乐呀？有什么心事说出来，我会帮助你的。"

"我马上就要被老虎吃掉了，"大象悲伤地说，"因为我和它打赌输了。"

"别难过，"小兔子安慰它说，"我可以救你，不过你要按照我说的话去做……"

这时，兔子把搜罗来的食物撒满象背，接着说："当我们遇见老虎的时候，我会对它说：'我们来比比看谁的力量大，看谁能把大象推倒，胜者可以吃掉败者。'然后先让老虎推你，这时，你必须挺住，做到寸步不移。在老虎感到推不动你之后，我会来推你。而当我推你的时候，你必须在我一碰到你的时候，就迅速躺倒在地上。"

大象同意兔子的计划。不久它们碰到了老虎。"虎大哥，"兔子俏皮地说，"听说你很厉害，竟然战胜了大象。现在让我们来比比看，看谁的力气大。我们轮流来推大象，谁推倒大象，谁就是胜者。胜者可以吃掉败者。"

老虎听了十分气愤。"像你这样弱小的兔子,竟敢向我这样威力无穷的庞然大物挑战?真是岂有此理!"老虎气呼呼地说。然而它很想炫耀一下自己的力量,所以还是同意应战。

开始,先由老虎去推大象。老虎使出全身的力气,可大象依然屹立不动。最后老虎只得罢休。

现在轮到兔子推大象了。兔子刚碰到大象的身子,那庞然大物立即轰然倒地。而在大象摔倒在地的时候,兔子一个箭步跳到大象的背上,开始吃它撒在大象背上的食物。老虎瞪眼一看,以为兔子真的在吃大象的肉,便开始惊慌起来,心想,兔子接下来就要吃它了,因为它打赌失败了。老虎心惊胆战地偷偷溜回树林,再也不敢回来了。

就这样,一只聪明机智的小兔子从老虎嘴里救出了大象。

鼻子伤风的小兔子

从前,在一座森林里,有一头狮子称王称霸。它任命一头熊、一只猴子和一只兔子为大臣。

有一天,狮子王对它的三位大臣说:"你们三位都是我的议事大臣,已经为我服务多年了。今天,我要检查一下,看一看你们是不是称职。"说完,狮子张开了它的大嘴问道:"你们说大王我的嘴里有什么味道?"

熊大臣第一个回答。它说:"大王,您是食肉动物,您的嘴里有一股荤腥味。"

狮子王听了大怒,一口就把熊大臣吃掉了。

然后轮到猴子大臣回答。猴子大臣寻思着:说真话的熊大臣惹怒了狮子大王,被大王吃掉了。我不能像熊大臣那样说真话,我要吹捧它,让它听了心里高兴。

"大王,您的嘴里有一股特别香的味道。"猴子大臣吹捧道。

故意找碴儿的狮子王听了说:"如果让你这种善于吹捧和溜须

拍马的大臣继续留任的话,必定给国家带来灾难。"说完,狮子王把猴子大臣也吃掉了。

熊和猴子两位大臣回答完以后,轮到兔子大臣了。狮子王依旧像问熊大臣和猴子大臣一样问兔子大臣。

兔子大臣回答得很聪明:"大王,臣今天感冒了,鼻子堵塞,不通气,所以我再努力也闻不到大王您嘴里究竟有什么味道,原谅我没法回答大王您的问题。待臣回家以后,休息几天,等感冒好了,鼻子不伤风时,再来回答您的问题,好吗?"

说完,小兔子离开了狮子王,径自回家去了。

狮子王没了脾气,只好抱着爪子无可奈何地看着兔子离去。

勒索获得的"奖赏"

从前,有一个国王,他最喜欢吃鱼。每天他都要吃鱼,不管是煮的、炖的、咖喱做的还是油炸的,只要是鱼就行。

有一天,一场巨大的暴风雨向这个城市袭来,没有一个渔夫敢出海去打鱼。从那天起,国王的餐桌上没有鱼看了,第二天没有,第三天也没有。国王清楚地知道自己为什么吃不到鱼。他是那样爱吃鱼,其他任何菜看都无法引起他的食欲。连日来他拒绝进食,脾气也因此变得很暴躁。他坐在御座上,愁眉苦脸,一筹莫展,甚至连最好的舞蹈家或丑角的表演都不能让他开心。

最后,国王宣布,无论是谁,只要能给他贡献一条鱼,要什么奖赏,就给什么奖赏。两天过去了,没有一个人前来献鱼。到了第三天,一个渔夫带来一条刚捕捞上来的肥鱼,把它献给了国王。

国王见到大鱼眉开眼笑,胃口大开。宫廷厨师奉命,立即进行烹调加工。在等候上菜的当儿,国王对渔夫说:"我的好人,告诉我,你要什么样的奖赏? 为了你送给我那条奇妙的大鱼,你希望得到什么报酬?"

渔夫跪在御座前面,一面叩头,一面恭恭敬敬地说:"国王陛下,请用藤条抽我三十鞭子,就是对小人的最高奖赏。"

"什么!"国王疑惑地说,"再说一遍,我没有听懂你的话。"

"陛下,小人献鱼,只想换取您的三十鞭子的报酬。"渔夫口齿伶俐,十分肯定地重新说了一遍。

"三十鞭子!不行,我的好人,这怎么行?!你救了我的命,反叫你挨三十鞭子!我怎能这样对待你呢?"国王不安地举起双手,在空中挥舞着,显然他有些急了,接着说,"我真不明白,为什么你不要一袋钱呢?或者弄一幢漂亮的房子?要不就要一艘新的渔船?别不好意思了,说吧,你真的想要什么?"

"陛下,我真的想要挨三十大鞭。"渔夫真诚而固执地回答。

"那为什么?干吗要这样奇怪的奖赏?"国王惊讶地问道。

渔夫两眼盯着地面默不作声。国王无可奈何地耸了耸肩。"好吧,我说过,你可以自由选择奖赏。既然那是你需要的,我就依你,给你三十鞭子。不过,我必须说明,你是我见过的所有人当中最奇怪的一个。"

国王唤来一个宫廷侍卫,在他耳边低声嘀咕了几句。宫廷侍卫取出一根藤条,开始鞭笞渔夫的背部。尽管藤条在空中嗖嗖作响,但落在渔夫的背上时却非常轻,他的皮肤没有留下一点儿痕迹。

另一个宫廷侍卫在旁边大声记数。当打到十五下时,渔夫突然直起腰身,大声地说:"够了,够了,陛下。"

侍卫立刻停了下来,国王连忙焦急不安地问道:"他打痛你了?我刚才命令他轻轻地打嘛。"

"不是的,陛下,不是为了这个,而是因为奖赏有一半是归我所有,另一半应属于您的一个仆人。"

"我的一个仆人?我的仆人怎么可以分享你的奖赏呢?你能否解释一下?"

"好的,陛下。事情是这样的。我提着鱼进宫时,在长廊上遇见了您的仆人。他抓住我的臂膀,命令我把献鱼所得的奖赏分一半给他。要是我不答应,他就不准我把鱼献给您。陛下,在海上,我顶着风浪,花了两天的时间才抓到这条大鱼,如果陛下吃不到新鲜的鱼,那就前功尽弃,太可惜了。出于无奈,我只好答应了他的条件,因此我才要求您抽我三十大鞭作为奖赏。您现在已经给了我十五鞭,您是否愿意把剩下的十五鞭赠给您的仆人?"

国王前俯后仰地大笑起来。"真是一个有趣的故事,我很钦佩你的胆略、智慧和对我的忠心。那个仆人将会如愿以偿。卫兵们,快把他带到这里来!"

不忠的仆人被带了进来,由于向渔夫敲诈勒索,他得到了另一半"奖赏"——十五大鞭。而这一次,宫廷侍卫奉命狠抽猛打。打完后,国王把那奸诈的仆人驱赶出王宫。至于渔夫,由于他的胆量,得到了国王的重赏。

四个吹牛皮的年轻人

在一个村子里，住着四个肝胆相照的知心朋友。他们不懂得经商，也不会种庄稼。他们懒得像条虫，成天无所事事，得过且过，虚度年华。他们最拿手的只有一件事，就是吹牛皮。凭借这种本事，四个年轻人经常出入一些社交场合，他们常以编造荒诞的故事哗众取宠。

有一次，四个朋友一起参加了一个婚宴。在众多的来宾中有一个陌生人。他并不漂亮，但是衣着讲究，身穿鹅绒衣，头缠丝巾，一把金色的短剑佩挂在腰间的宽皮带上。

四个朋友看了他的穿戴分外眼红，他们很想有朝一日也像陌生人那样打扮一番。

"干吗不想一个法子把他的衣服骗过来?"吹牛皮大王之一——名字叫芒加的说道。

"怎样才能让他乖乖地把衣服交出来呢? 我们得想个办法才是。"另一个接着说道。

"我有办法了。应该发挥我们的才能，让他自己把衣服乖乖地交出来。我们可以邀请他参加故事比赛。我们每个人都讲一个最荒唐的故事，谁要是怀疑故事的真实性，谁就失败了，就要做胜者的奴隶。那人绝对编不出什么怪诞的故事，他肯定要输的。他只要一当上我们的奴隶，他的衣服自然就属于我们了。当然，我们只拿他的衣服，人还得放他走。这样，到时候人们还会夸奖我们宽宏大量呢。"芒加扬扬自得地出谋划策。

"这倒是个好主意！"其他三人赞同道。

于是四个年轻人把陌生人团团围住，互相交谈了一会儿。接着芒加问陌生人："你是否经历过各种场面，听过许多荒诞的故事？"

"哦，当然，"陌生人回答，"我一生中听到过许许多多稀奇古怪的故事。"

"不过，我敢打赌，你听到的奇怪故事没有我多。"

"我见过的奇怪事情，你们全都没有见过。"第三个年轻人说。

"那好，干脆我们来打个赌。每个人讲一段最不平常的奇遇。谁要是怀疑故事的真实性，谁就得认输，并做胜者的奴隶。"芒加急忙提议道。

"这个主意不错。"陌生人说，"请东道主做我们的仲裁人。"

四个牛皮大王互相会意地笑了。他们满意地看到，事情正按他们的计划顺利地进行着。东道主是村里的头人，他同意做仲裁。

故事比赛开始了。

"你们先开个头吧,"陌生人说道,"我最后一个讲。"

四个年轻人中的一个开始说了。

"我刚出生的时候,母亲很想喝新鲜的椰子汁。可是爸爸不敢爬高,所以他请求叔伯们替他去摘椰子。可是树实在太高了,树干又很滑,没有一个人敢爬上去摘椰子。我看到母亲非常失望,心里很难过,于是趁屋中无人时,便悄悄地从摇篮里爬出来,爬上了椰子树。我爬到树顶后,摘下几个椰子,又飞快地滑下树干,把椰子放到厨房的桌上,再蹑手蹑脚地爬进摇篮。后来,全家人谁也不知道椰子是怎样跑到厨房里来的。"

陌生人毫无表情地点了点头,然后默然不语。

现在轮到第二个年轻人讲故事了,他的故事是这样的:"在我只有一个月大的时候,一次我出去散步,当路过一个果园时,感到肚子很饿,我便爬上一棵果树,摘了几个水果吃。在绿叶丛中我感到阴凉而舒适,所以很快就睡着了。醒来的时候,我看见有人将我爬树用的梯子给搬走了。我不知道应该怎样从树上下来。后来,我决定到村子里去借个梯子。梯子借到后,我就扛着它,靠在树干上,用这种办法,我平稳安全地爬下树来。"

这个年轻人停止了叙说,以期待的目光凝视着陌生人。陌生人又点了点头,用无所谓的态度说道:"在这个世界上,什么样的事情都会发生。"

现在,该第三个吹牛大王开始吹牛皮了。

"当我还只有七岁的时候,一天,我到森林里去玩。忽然,一只野兔子从我眼前蹿过去。我赶紧尾随着它,想一把捉住它。可是转瞬间它便消失在树丛中。这时我把手伸进树丛,揪住兔子的尾巴,竭尽全力硬把它拖了出来。你们可以想象到,当我发现揪住的是一只老虎的尾巴时,该有多么恐怖呵!那只老虎怒视着我,发出雷鸣般的咆哮。我急中生智,不失时机地用左手抓住它的上颚,右手抓住它的下颚,两手用力一掰,就把这只凶猛的野兽撕成两半了。"

陌生人依然无动于衷。"多离奇的经历呵。"他轻松地说。接着他的视线转到芒加的身上,现在该轮到芒加讲故事了。

芒加正全神贯注地思考着最荒唐的事情。看来这个陌生人不会轻易受骗上当的,但是他认为自己必须成功,因为他的伙伴一个个都失败了。

"去年,"他开始说了,"我去捕鱼。通常我都会捕到许多鱼,但那一天我的运气不佳,没有一条鱼落进我的网里。后来我回到岸边,在那里遇到几个渔夫。他们告诉我,海里已经有好几个星期没有鱼了。我想弄个水落石出,于是就出海去了。来到海的中央,我潜水下海,一直往下游去,终于到了海底。在那里我发现一条大鲨鱼,它把所有的鱼儿都吞食掉了。我气得不得了,于是举起斧头朝鲨鱼猛劈过去,把它砍成了几段。由于没有吃中饭,加上和鲨鱼经历一番搏斗,我已经饿得快晕过去了。因此,我在海底生起了一堆火,拿了几块大鲨鱼的肉放在火上煮。味道实在鲜美可口极啦!我饱餐一顿之后,把剩下的鲨鱼肉带上岸来,让在岸边等候的渔夫们分享。打那时候起,渔夫们每次出海捕鱼,总是满载而归。"

然而,连这样离奇的故事也打动不了陌生人。他和先前一样冷若冰霜。"讲得不错。"他说着,轻轻地鼓了鼓掌,"不过,现在请听我的故事。"

"在我居住的村子里,我有一大片田地。有一天,一只小鸟儿丢下一颗种子掉在地上。从种子里长出一棵大树。不久树上结满了果子。又过了几天,其中四个又大又圆的果子从树上落了下来。我用刀把它们切开,奇怪的是,从里面钻出四个小男孩来。既然土地属于我个人所有,树和果实当然也是归我所有,那么这四个小男孩就是我的奴隶。我把他们抚养成人。可让我非常失望的是,这四个年轻人非常懒惰,他们不爱劳动,成天沉湎于闲聊和耍嘴皮子。一个星期前,这四个年轻人从我家里逃走了。我正在四处寻找他们。哈,现在我可以高兴地向你们宣布,我终于找到他们了。跟我回家吧,年轻人,你们很清楚,你们就是我刚才讲的那四个人。你们是我的奴隶,从家里逃离出来,而我现在又找到你们啦,跟我回家去,别再让我操心了。"

四个吹牛皮大王认识到,事到如今是作茧自缚,他们已经落入自己设置的圈套。假如他们说这故事是真的,他们就成了陌生人

193

的奴隶；如果说这故事是假的，他们就输了，同样要做他的奴隶。故此，他们进退两难，只能沉默不语。村子里的头人和所有的来宾都一致同意陌生人获胜。

"现在你们是我的奴隶了。"陌生人说，"你们的衣服归我了，把它们脱下了，我就给你们自由。"

四个年轻人交出了衣服，满面羞涩地溜走了。在场的人哄堂大笑，个个都在嘲笑这四个自命不凡的吹牛大王。

小姑娘与金乌鸦

很久以前，有个年老的寡妇，她十分贫穷。寡妇有个闺女，她性格善良，长得俊俏。

有一天，妈妈叫闺女去看守晒在太阳地里的竹席上的稻谷，赶走前来糟蹋稻谷的飞鸟儿。小姑娘坐在竹席旁边，不停地赶走飞鸟儿。到稻谷快要晒干的时候，一只奇怪的鸟儿向竹席飞来。这是一只长着金羽毛的乌鸦。无论小姑娘怎样赶它，金乌鸦都不飞走。转眼之间，它就吃光了竹席上的全部稻谷，包括谷皮和谷壳。

小姑娘大声哭了起来，她一边哭一边说："哎呀，我妈妈多穷啊！我妈妈多穷啊！这些稻谷就是她的命根子呀。"

金乌鸦挺和气地瞧了小姑娘一眼，说："小姑娘，我会赔偿你妈妈的。等到太阳下山的时候，你到村子外边那棵高大的罗望子树下，我要拿点东西送给你。"说完，金乌鸦就飞走了。

在夕阳西下的时候，小姑娘来到了高大的罗望子树下。她仰面望着大树的树干，看见树梢上有一座小金屋，她吓了一跳。

金乌鸦正在小金屋的窗口眺望,看到了小姑娘,它马上说:"啊,你来了!快上来吧。当然,我必须先把梯子放下来才行。你要金梯子、银梯子,还是铜梯子?"

"我是个穷人家的闺女,"小姑娘回答,"我只能要铜梯子。"谁知金乌鸦放下的竟是一张金梯子,小姑娘又吓了一大跳,她登上了金梯子爬进了小金屋。

"你必须和我一块儿吃顿饭。"金乌鸦邀请说,"不过等我想想,你要什么样的盘子盛食物呢? 金盘、银盘,还是铜盘呢?"

"我是个穷人家的闺女,"她回答,"我只能要铜盘子。"但是,金乌鸦托出来的竟是一只金盘子,盘子里的食物鲜美极了,小姑娘不禁又吓了一大跳。

小姑娘吃完之后,金乌鸦开口说:"你是一个非常善良的小姑娘,我有心把你永远留在我身边。可是你妈妈更需要你,你得在天黑之前回去。"

金乌鸦走近卧室,拿出一个大盒子、一个中等盒子和一个小盒子。"你从这三个盒子里面挑选一个吧,"金乌鸦说,"把它带给你的妈妈。"

"你吃掉的稻谷不多,"小姑娘答道,"用这个小盒子赔偿损失还有富余呢。"于是她收下了小盒子,谢过了金乌鸦,踩着金梯子爬下来回家去了。

回到家里,她把小盒子交给妈妈。娘儿俩一块打开小盒子,发现盒子里面有一百颗名贵的红宝石，她们又惊喜又快活。寡妇和她的闺女变得富有了，从此过上富裕的日子。

同村还住着另外一个年老的寡妇，不过她一点也不穷。她也有一个闺女，但这个闺女又贪又馋，性格也坏。这个寡妇和她的闺女听说金乌鸦给了善良的小姑娘和她的母亲一百颗名贵的红宝石，妒忌得要命，她们打定主意，也要给自己弄到同样的宝贝。于是年老的寡妇也拿了一张竹席到太阳地里晒稻谷，并让她那又贪又馋的闺女出去看守。但是，因为她是个又馋又懒的姑娘，对赶走前来啄食稻谷的飞鸟儿一点也不起劲儿，等到金乌鸦最后飞来时，稻谷只剩下不多的几粒了。

不过，金乌鸦还是把剩下的稻谷全部吃光了。这时，又馋又懒的闺女便厉声喝道："喂，乌鸦，给我和我妈一些宝贝，来赔偿你吃掉的稻谷呀！"

金乌鸦皱着眉头瞅了她一眼，但仍然彬彬有礼地回答："小姑娘，我会赔偿你们稻谷的。等太阳落山的时候，你到村子外边那棵高大的罗望子树下吧，我会拿点东西送给你的。"说完，金乌鸦就飞走了。

在太阳落山的时候，这个又贪又馋的闺女来到了高大的罗望子树下，她不等金乌鸦出来，便高声喊道："喂，乌鸦！说话要算话呀！"

金乌鸦从窗口探出头来，问道："你想登着什么样的梯子爬上来呀？金梯子、银梯子,还是铜梯子呀？"

"那还用说嘛,金梯子呗。"又贪又馋的闺女回答道。

当这个又贪又馋的闺女进入小金屋时,金乌鸦说:"你必须和我一块吃顿饭,你想用什么样的盘子盛食品呢？金盘子、银盘子,还是铜盘子呢？"

"那还用说吗,当然是金盘子啦。"又贪有馋的闺女回答道。

但金乌鸦让她失望了,给她盛食品的竟然是一个铜盘子。食品甭提有多好吃了,但少得只够她吃一小口的,这叫这个又贪又馋的闺女憋了满肚子的闷气。

接着,金乌鸦走进卧室,拿出来一个大盒子、一个中等盒子和一个小盒子,说:"你从这些盒子里挑一个,带给你妈妈吧。"

不用说,这个又贪又馋的闺女选中了大盒子,她也没有向金乌鸦道谢,就抱着大盒子慌慌张张地爬下梯子走了。

又贪又馋的闺女回到家里,和妈妈一起欢天喜地打开大盒子。她们不由得大惊失色:只有一条大蛇盘绕在盒子里面,蛇冲着她们发出愤怒的咝咝声,然后离开盒子,爬出她们的屋子。

聪明的洗衣工

在国王的京城里,有一个洗衣工和一个制作陶瓷的工匠。他们俩是邻居,年轻的时候还是很要好的朋友。可是陶瓷工匠一直以来运气不佳,当他眼看着洗衣工的日子越过越红火时,便生出了妒忌心,再也不和洗衣工说话了。

日子久了,陶瓷工匠满脑子想的都是妒忌邻居,不免忽略了自己的活计,自然就越来越穷了。每到夜晚,他躺在床上睡不着觉,伸出拳头在黑暗中摇晃,嘟嘟囔囔地自言自语:"这个流氓,怎么他就能一天天越来越富,老子有手艺,还有干劲,却越来越穷呢!"后来,他忽然想起一个叫洗衣工家破人亡的计谋。

第二天早晨,他在街上选好一个显眼的地方站住了,等到国王骑着大象路过那儿时,他就大声喊道:"瞧瞧咱们伟大的国王骑在一头黑不溜秋、脏兮兮的大象上,多害臊呀,特别是这头大象本来可以找洗衣工师傅给清洗白净的哟!"

凑巧这位国王又恰恰不是十分有头脑的人,他马上勒住大象,停下来问道："我的好百姓，你的意见的确不错，但这个能把黑象洗白的洗衣工师傅到哪儿才能找到呀？"

"我的国王，"陶瓷工匠回答道，"肥皂和碱面的种类之多数也数不清哩，只有洗衣工师傅才明白它们的性能。一个手艺高明的洗衣工用上一种特殊的肥皂和一种特殊的碱面，他是能够把国王的大象清洗白净的。我认识一个洗衣工师傅，他就能够把国王的大象洗白。他恰巧还是我的邻居哩。"

国王听了十分高兴，取下手上的红宝石戒指奖给了陶瓷工匠。想到自己能有一头白色大象的前景，国王感到十分兴奋，便调转大象打道回宫。回到宫里，国王立即派人叫来洗衣工。他对洗衣工说："现在，你把这头大象牵去洗吧，七天后要给我牵回来一头白象。"

洗衣工是个机灵人，他一下子便明白了准是那个陶瓷工匠在国王面前捣的鬼。正当他迟疑思考这件事时，国王变得不耐烦起来，威胁他说："洗衣工，你怎么这么不痛快呢？你想丢掉你的脑袋吗？"

"我的国王，"洗衣工回答，"能给国王洗大象，对我既是无上的光荣，也是无穷的快乐，但是，衣服洗完后要放在大盆里蒸过才能变白，所以，我在考虑，得有一个盛得下大象的大盆呐。"

国王同意洗衣工的要求，把陶瓷工匠召到面前，命令他做个大盆，要大得能把大象装进去蒸的大盆。

　　妒忌心重的陶瓷工匠不得不用许多日子去做大盆,好不容易才把盆做出来。洗衣工把刷洗完的大象往大盆里赶,可是大象脚刚踏进大盆里,大盆就被压成了碎片。"陶瓷工匠,"国王命令说,"把大盆再做厚点。"但是不管大盆做得多么厚,大象踏脚一踩,大盆就马上裂成碎片。就这样,陶瓷工匠不得不一个一个地做下去,直到他倾家荡产,累得心脏破裂而死为止。

神奇的公鸡

在北部掸邦高原的荒凉山谷里，住着一个农民，他的妻子早已死了，留下四个儿子，父子五人辛辛苦苦靠着种地为生。后来，老父亲也去世了，兄弟四人决定移居到伊洛瓦底江富饶的河谷，靠卖艺挣钱来维持生活。四兄弟中，老大会玩杂技，老二会跳舞，老三会吹吹打打，只有最小的老四除了会种地之外一无所能。三个哥哥准备安排他将来扮演小丑。

当他们走到掸邦高原的南部，经过一个土地肥沃的大农场时，老四心中犯了嘀咕，开始怀疑移居到伊洛瓦底江的河谷是不是值得。

"我亲爱的哥哥们，"他说，"我没有搞音乐、跳舞和耍杂技的本领，我不想去那个陌生的地方，眼前这是个富裕的农场，我是个干农活的把式，所以我打算留在这儿给人帮工。"

三个哥哥同意了弟弟留在这儿，他们则继续往前走，而老四跟农场主签订了帮工三年的契约。

老四勤勤恳恳地给农场主干了三年农活以后，就想到伊洛瓦底江的河谷去寻找他的三个哥哥，他认为这是自己的本分。

临别时，农场主说："孩子，这是你的工钱，这是送给你的几件衣服，此外，我还送给你一头白水牛，作为临别的礼物，你可以骑着它去伊洛瓦底江河谷。"

老四谢过了农场主，骑上白水牛动身启程。路上，他遇见一个魔法师，这个魔法师正在四处寻找一头白水牛，好拿去祭祀一个威力无边的大神。

魔法师说："孩子，我需要你的这头牛，作为交换，我给你一只有魔法的神奇公鸡。往前再走一小段路，你就会走到一个富饶肥沃的河谷，但那里没有人烟。你把这只公鸡放在腿上拿住，然后安安静静地睡下去。到了半夜时分，公鸡必定扬起脑袋，喔喔地高声打鸣，接着便会下起一场特大的暴风雨。你要平躺在地上，用你的双手紧紧抱住公鸡千万别放。石头似的冰雹劈头盖脸地朝你砸下来，你的身子会冻得哆哆嗦嗦的。要是你能忍受住所有的磨难，当公鸡再次打鸣时，你便会得到好的报答。"

老四盯着瞅了魔法师半天，最后他相信了魔法师的话。于是他用白水牛交换了魔法师的公鸡。他又慢慢地往前走了几英里，正像魔法师说的那样，他发现自己走进了一个美丽的肥沃河谷。这时太阳已经偏西，他赶快吃饭，也喂饱了公鸡，然后把公鸡放在腿上拿住，就睡着了。公鸡也很听话，一点儿都没打算跑掉。

到了半夜,公鸡抬起头来喔喔长鸣,马上狂风怒号,天上布满云雾,鸡蛋一般大的冰雹无情地向老四砸下来。他赶快平躺在地上,同时留心用身体保护好公鸡。大约过了四个小时,暴风雨一点儿都没有停歇,老四感到又潮湿又寒冷,冻得浑身瑟瑟发抖。因为他对魔法师的话深信不疑,所以他咬紧牙关忍受住一切磨难。到了拂晓时分,公鸡又打起鸣,突然狂风停息了,暴雨停止了,天晴了。透过熹微的晨光,老四瞧见了一座金城,里面宫殿巍峨,金碧辉煌,府邸华美。不一会儿,传出了欢呼和笑声,一群群穿着艳丽服装的人们,走出家门,高呼老四是他们的新国王。老四被拥进设有宝座的大殿,举行了加冕典礼。

几个月之后,新国王派遣使者分头到伊洛瓦底江河谷,去寻找他的三个哥哥。三个哥哥虽然没有靠技艺发到大财,但他们已经变得十分出名,所以使者很容易就找到了他们。当弟弟告诉三个哥哥这只公鸡的秘密时,他们便要求弟弟把公鸡送给他们,以便他们也能一人获得一个王国。弟弟欣然同意,于是三个哥哥拿着公鸡,走到一个肥沃却还没有人烟的河谷,急切地等待他们的王国出现。

等到半夜时分,公鸡长鸣,狂风暴雨来了。可是由于他们对公鸡信心不足,而且忍受不了冰雹的袭击,所以他们决定逃到附近的一个石洞里去躲一躲。可是他们一跑,冰雹便砸到公鸡的身上,把公鸡给砸死了。他们拿着这只死公鸡在洞里等着,一直等到天快亮时狂风暴雨停止了为止。由于公鸡被冰雹砸死了不能打鸣,也就自然没有出现神奇的王国。三个哥哥感到又寒冷又潮湿,个个冻得浑身上下直打哆嗦,同时他们又感到饥饿难忍,便把这只死公鸡烧熟吃光了。他们不得不回到伊洛瓦底江河谷,继续干他们的流浪艺人行业,靠要卖技艺度日糊口。

蜗 牛 王 子

王后正在分娩,国王率领君臣们坐在大殿上,焦急地等待王后寝宫里传出的消息。突然,一个宫女冲了出来,她慌张地说:"皇上,您的王后生了,但生的不是男孩也不是女孩,而是一个背上带壳的蜗牛。"朝臣们哈哈大笑起来,国王感到羞愧难容。他下令把蜗牛装进一个金匣子里,放到一个镀金筏子上,丢到河里随波漂流。同时,他又废掉王后,命人剃光她的头发,将她派去打扫宫里的花园。就这样,蜗牛在河里随波逐流,王后被贬为园丁。

这时,在河的下游有一个魔王王后,她带着宫女们正在河里洗澡。看见一个镀金筏子漂来,她便伸手抓住筏子。魔王王后把镀金筏子上面的金匣子和匣子里的小蜗牛带回了宫中。当天夜里,蜗牛变成了一个小男孩,魔王王后特别喜欢他,把他当成亲生儿子看待。

当男孩长到十六岁时,他对魔王王后说:"王后,我爱你就像爱我的妈妈一样,但我到底是人,我想回去看看我的同族人,我能够

206

溯河而上,回到人间去吗?"

魔王王后勉强同意了,她给了男孩一根魔杖和一件魔衣,作为临别的礼物。蜗牛王子已经长成风度翩翩的美少年了,他有着黄金似的脸庞,但他一披上魔衣,马上变成一个肮脏邋遢丑陋的小驼背。男孩告别魔王王后,来到一座城池,在这儿找到一份放牛的活。

这座城池的国王有七个美丽漂亮的女儿,六个已经出嫁,女婿也都是漂亮的王子。最小的这位公主,不仅长得最美,而且特有主意,她对国王说:"爸爸,求您赏给我一个恩典。我相信运气,我想让命运在冥冥之中给我选择丈夫,请您允许我举行一次盛大的宴会,邀请城中所有的青年出席。到宴会结束的时候,我将我的头发上插的素馨花编成花环,扔掷出去,不管哪个青年,只要我的花环落在他的头上,他就是我的丈夫。"

国王由于太疼爱小公主了,就给了她这个恩典。于是在下个月满月的时候,国王为公主举办了盛宴。全城的年轻人都来了,除了驼背的牛倌,个个衣饰华丽。临到宴会结束的时候,公主把她的素馨花环抛向空中,结果让人人都大吃一惊,花环竟落在小驼背的头上了。国王大失所望,但公主却面带欢笑宣布如果命运安排要她做这位肮脏还驼背的小伙子的妻子,她必须这样做。于是小驼背成了驸马,住进了王宫。

几个月以后,国王传出旨意:他准备放弃王位,等在七个女婿中挑选好了继承人，便马上退居到树林中去过隐士生活。"我的孩子们，"他吩咐说，"我现在给你们安排一个任务，来考验你们的本事和能力。在明天中午之前，你们每个人必须给我捕来七条金鱼。"

第二天天刚亮，小驼背就走到河边。他用魔杖击水，把所有的金鱼都聚集到自己面前，并把金鱼抓进一个大坛子里，然后脱掉自己身上的魔衣，坐了下来。太阳升起之后，六位王子匆匆赶来。他们看见蜗牛王子容光焕发、光彩夺目，以为他是显圣的河神，便哀求他赐给他们每人七条金鱼。"我只能给你们每人六条金鱼，"蜗牛王子回答，"而且你们每个人必须把自己的耳朵割下一片给我做交换。"六位王子讨价还价，争执不休。可是太阳越升越高，最后他们在绝望之中只得同意了。蜗牛王子在收到他们每个人一小片耳朵之后，仔细数出三十六条金鱼，分给六位王子。

到了指定的时间，六位王子和小驼背都来到国王面前，捧出他们的金鱼。

"但你们每人都是只弄来六条金鱼啊！"国王大声呵斥。

大家都沉默不语，只有小驼背大胆地回答："不，父王，我是捕来七条呀。"

六位王子一听，都垂头丧气，但马上又恢复镇静，他们争辩说："父王，六条与七条之间，又有什么大不了的区别呢？所以我们认为这次比赛应该作废，请另外给我们一个任务吧。"

"好。"国王回答,"明天中午之前,你们每个人给我逮来一头公金鹿。"

第二天天一亮,小驼背就来到树林。他用魔杖击地,召集所有的金公鹿和金母鹿来到自己面前,并把它们都拴在大树上,然后他脱掉魔衣,坐在大树下。到太阳升起之后,六位王子才匆匆赶来,他们一见蜗牛王子容光焕发、光彩夺目,还以为是树神显圣,便哀求他赐给他们每人一头公金鹿。"我只能给你们每人一头母金鹿,"蜗牛王子回答,"而且你们每个人必须把鼻子割下一片给我。"六位王子又讨价还价,争执不休。可是太阳越升越高,最后,他们只好非常绝望地同意了。蜗牛王子在收起他们每人一片鼻子之后,给了他们每人一头母金鹿。

到了规定的时间,六位王子和小驼背都牵着金鹿来到国王面前。

"但你们只给我弄来了母金鹿啊!"国王大声呵斥。

大家都默然无声,只有小驼背大胆地回答说:"不,父王,我牵来的是头公金鹿呀。"

六位王子一听,又都垂头丧气,但马上恢复镇静,他们争辩说:"父王,公金鹿与母金鹿之间又有什么大不了的区别呢?所以,我们认为这次比赛应该作废,请您另外给我们一个任务吧。"

"好。"国王回答,"明天中午之前,你们每人给我盖好一座金塔吧。"

　　六位王子互相讨论之后,一致认为这是一件不可能完成的任务,根本没有必要去做盖金塔的任何尝试。小驼背却用他的魔杖召集来几只鸟儿,要它们赶快飞到魔王国,把他遇到的这件难事报告给魔王王后。魔王王后在黄昏时听到这个消息后,立即派遣她的卫士,骑着飞马,驮着黄金,来到小驼背所在的城池,并在天亮之前,建造了一座金光闪闪的金塔。

　　到了中午时刻,七位驸马一齐聚集在国王的宝座前,小驼背宣布,只有他一个人已经盖好了金塔。六位王子议论纷纷,骂声不绝。这时,小驼背愤怒地大声喝道:"安静些吧,不然的话,我把你们的耳朵和鼻子上的肉丢给猫吃啦!"六位王子只好默然无声,小驼背就把割下来的肉片,又粘贴到他们的耳朵和鼻子上。同时,他甩掉魔衣,站在国王面前,变成一位相貌堂堂的金色王子。朝臣们都向他鼓掌欢呼,国王立即封他为新的国王。

　　加冕之后,蜗牛王子率领军队来到亲生父亲的城池,要求恢复他母亲的王后尊号。老国王走出城来,拥抱了儿子,和儿子一起走进宫内的花园。然后他们搀扶着剃光头发的王后走进宫内,给她恢复了昔日一切的尊荣。